Un cuerpo

DIEGO JOSÉ

Un cuerpo

451.http://

ISBN 978-84-96822-34-4

PRIMERA EDICIÓN
2008

DIRECCIÓN DE ARTE
Departamento de Imagen y Diseño GELV

DISEÑO DE COLECCIÓN
holamurray.com

MAQUETACIÓN
Departamento de Producción GELV

IMPRESIÓN

 Talleres Gráficos GELV
(50012 Zaragoza)
Certificado ISO

DEPÓSITO LEGAL: Z. 367-08
IMPRESO EN ESPAÑA

A Rebeca por hacerme real

Nadie puede explicarme exactamente qué ocurre dentro de nosotros cuando se abren de golpe las puertas tras las que se esconden los terrores de la infancia.

W. G. SEBALD

What's a boy supposed to do?

Billy CORGAN

EL DÍA QUE MIGUEL Y YO ENCONTRAMOS EL CUERPO DE
mi hermana terminó para nosotros la infancia. La
tarde anterior permanecimos hasta el anochecer
sobre el alero de la casa. Nos gustaba sentarnos
en el falso tejado. Era el último fin de semana de
vacaciones. Acordamos ir al día siguiente, en bicicleta, más allá del fraccionamiento por donde las
vías se adentran en los baldíos traseros de la embo-
telladora y las pendientes de arena forman una
pista.

Miguel pasó temprano por la mañana. Yo salí
sigilosamente para evitar los regaños y las adver-
tencias de mi madre. La recámara de mi hermana
seguía desordenada como la noche anterior. La casa
conservaba el tibio amodorramiento de los sába-
dos. En la madrugada había llovido con abundan-
cia porque los prados resplandecían y los chopos
escurrían su verde lluviosidad.

Era el último sábado que Miguel y yo compartiríamos porque a su padre lo habían transferido a otra ciudad. A los dos nos dolía separarnos, pero ninguno pudo expresarlo. Preferimos suponer que las cosas no cambiarían, fingirnos fuertes. Después de que Miguel se marchó definitivamente de mi vida —incluso después de la muerte de mi hermana— me mantuve firme como si nada hubiera cambiado. En cierto sentido era mi manera de renunciar a ellos, despreciarlos por abandonarme. Pensé que mi madurez estaba a la altura de las circunstancias.

La tarde anterior, sentados en el alero, Miguel y yo esperábamos en silencio; nuestros pensamientos reposaban sobre las azoteas de las casas o en las frondas pesadas de los sauces o en las luces distantes de los autos del bulevar. Tal vez dijimos algo sobre la escuela, los dos comenzaríamos la secundaria; acaso hicimos alguna broma; tal vez nada dijimos, nuestra amistad era silenciosa. En algún momento él sugirió que podríamos ir por la mañana a las vías y yo acepté. Los pórticos comenzaban a encenderse, la noche se acercaba envolviéndonos y decidimos bajar.

Cuando trepamos por el techo para volver a la azotea vimos encendida la luz del cuarto de mi hermana. Nos detuvimos y nos acuclillamos. Estaba con Lucrecia, su amiga, y escuchaban música; nuestra perspectiva era engañosa pero alcanzamos a ver que las dos se desnudaban e intercambiaban la ropa; hacían bromas sobre sus cuerpos y se tocaban molestándose. No había vuelto a ver desnuda a mi hermana desde que éramos pequeños. Es más, no veía propiamente a mi hermana sino su cuerpo, un cuerpo que crispaba mis nervios; tampoco miraba a Lucrecia sino sus piernas, sus hombros, sus hinchados pero inmaduros pezones. Con torpeza reaccioné y quise apurar nuestro descenso porque tuve celos de Miguel, que las observaba. Pero él, más decidido que yo, me detuvo. Todo pasó como una ráfaga imperceptible. Tuve que agarrarme con firmeza del barandal porque mis piernas me traicionaban. En un instante se dieron cuenta de que las estábamos espiando, nos gritaron ¡cerdos!, y cerraron de golpe las cortinas mientras nosotros procurábamos huir. Después mi hermana sentenció: le voy a decir a papá que te masturbas con Miguel.

Bajamos las escaleras de servicio y salimos corriendo a la calle. Las imágenes y las sensaciones me provocaron vértigo. Miguel, en cambio, parecía disfrutar el nerviosismo y reía excitado. A media calle, me detuve extenuado por la agitación, a punto de desvanecerme; Miguel siguió corriendo hacia su casa, agitando el puño en el aire; más adelante se detuvo. Mañana paso por ti, marica; y se echó a correr de nuevo dejándome solo, envuelto en el celofán amarillo del alumbrado público.

Bajo la noche, sentí una extraña mezcla de culpa y excitación, de miedo y enojo: un puñal afilándose dentro de mis venas. No quería volver a casa, pero ansiaba verlas desnudas nuevamente. Estuve deambulando por los prados y las calles, calculando la hora en que mi hermana ya no estaría; la vergüenza me hacía desear no volver a verla porque conocía muy bien la respuesta que recibiría: la acidez de su humor.

Volví. Trepé de nuevo al techo para evitar a mis padres por si ella les hubiera dicho algo. Comenzó a llover, pero ni siquiera el chaparrón logró aquietarme. Mis ojos sobrevolaron con agilidad la ventana, buscando reencontrar la sombra de su imagen. Hacía frío. Mi madre me llamó para cenar. Mi agitación me impedía comer pero me esforcé un poco para no despertar sospechas. Antes de encerrarme en mi cuarto, me asomé a la recámara de mi hermana. La sangre pulsaba con ímpetu mi pecho. Sobre la cama y en el piso había ropa, accesorios y maquillaje. Aún podía respirar la mezcla de los sudores perfumados. Miré alguna prenda interior que mis manos codiciaron: había vuelto para husmear los escombros de mi deseo.

La risa de Lucrecia me acompañó toda la noche. Entonces no habría podido imaginar sus cuerpos ni soñarlos, puesto que la exaltación me rebasaba; más bien, tenía la impresión de seguir mirando las cortinas, de escuchar la música y sentir los peldaños de la escalera, de percibir mi respiración agitada y sentirme envuelto por las luces de la calle. Algo en el cuerpo me dolía: una flecha, un ardor de espuma en el sexo, un enjambre de negras avispas en las manos. Restregué mi cuerpo contra el colchón pensando en lo imposible. Mi pene enardecido temblaba, era una vela quemándose —ahora mismo que recuerdo, me exalto—.

Cuando escuché el silbido de Miguel ya estaba listo. Llevaba horas despierto. Sin hacer ruido salí a la calle, monté mi bicicleta y pedaleé como si huyera de un perro. Miguel se sorprendió y decidió seguir el ritmo, intentando darme alcance. Poco nos importaba pasar sobre los charcos y mojarnos las piernas al levantar el agua. Parecía que éramos los únicos sobrevivientes de la noche. Subíamos por las jardineras para atravesar el barrizal de los terrenos baldíos y alejarnos rumbo a las vías por el valle, que a esa hora habitaban las sombras delgadísimas de los árboles y la capa vaporosa del amanecer. El cielo era raso, intensamente desnudo. Los canales del desagüe rebosaban su podredumbre y había un fuerte olor a hierba rancia.

Atravesamos el puente y descendimos por una pendiente de grava hasta el senderillo que irónicamente seguimos llamando río. Nos detuvimos en el tronco mutilado porque se soltó la cadena de mi bicicleta; también porque necesitábamos descansar. Hablamos excitados de las peripecias de nuestra travesía; después, Miguel comenzó a bailotear de un modo afectado imitando a mi hermana y a su amiga; le arrojé una cara de desprecio y me di la vuelta para revisar la cadena de mi bicicleta. Miguel se acercó para calmarme pero rechacé su brazo con violencia. Me sentía molesto. Me levanté y emprendí el camino de regreso.

En el sembradío arremetimos con fuerza, cada uno abriendo su propia brecha. El golpe de las matas hería nuestros brazos pero lo disfrutábamos. Yo quería quemar la furia, sacar el animal que me había crecido en la noche. Conforme seguimos nuestra marcha, las cosas se calmaron y volvimos a reír y a gritar; a ser simplemente niños, sin otro deseo que probar la velocidad.

Nos detuvimos en la tienda, compramos refrescos y entramos de nuevo en el fraccionamiento; la mañana aún no despertaba en las casas vecinas. La cadena de mi bicicleta seguía soltándose, por eso decidimos caminar.

Teníamos la costumbre de sentarnos en uno de los prados altos donde las matas de hierba, las espigas y algunas flores cubren la cima dándole un aspecto descuidado que contrasta con el orden superficial de los jardines. Ahí los prados se superponen formando leves caídas en forma de cunetas. En una de las cunetas encontramos el cuerpo de mi hermana rodeado de girasoles.

Hay un cuerpo allá abajo, dijo Miguel con la inocencia de quien no sabe lo que dice. ¡Hay un cuerpo! Y yo presentí lo irremediable; la muerte pasó a mi lado y me estremecí por completo: aquel cuerpo era ella.

Por segunda vez, en menos de veinticuatro horas, veía el cuerpo desnudo de mi hermana; solo que esta vez estaba muerta. La encontramos entre la hierba, boca arriba, con las manos atadas al frente.

Tardé algunos minutos en reaccionar porque mirar su muerte me lanzó a una hondonada de la que no conseguía regresar; tal vez, aún no he vuelto desde entonces. Ensimismado contemplé profusamente la trayectoria inmóvil de la cuerda que ataba sus brazos y que descendía hasta los tobillos, era la simulación de una escena violenta que resultaba convincente pero irreal. Después, estudié la postura que habían adquirido los dedos de sus pies, la inclinación ligera de la nuca renunciando al flujo sanguíneo, la posición piadosa con que sus brazos eligieron morir, la pincelada que débilmente delineaba sus labios, la filigrana de cristal que el rocío había tejido sobre su cuerpo. La miré hasta la saciedad y la ternura. Mi razón no estaba dispuesta a aceptar su muerte, pretendía bloquear mi percepción, pero inconscientemente su imagen se había tatuado en mi cuerpo, poseyéndome para siempre.

Cuando reaccioné me dirigí a Miguel y comencé a golpearlo. ¡No la veas! ¡No la veas!

No sé por qué reaccioné en su contra; estaba ofendido porque la había visto desnuda la noche anterior y porque estaba mirándola muerta. Miguel me abrazó para contenerme, pero yo me liberé con furia de su abrazo. Él cogió su bicicleta y se fue (iba por ayuda y yo pensé que me estaba abandonando).

Quise cubrir su cuerpo, pero nada más sentir la cercanía de su muerte me frenaba.

¡Maldita sea!, gruñí desesperado. Arrancaba hierbas con furia, sin poder acercarme, cerraba los puños, pataleaba, me hería el rostro con las uñas; gritaba porque no tenía valor para enfrentarme a su cuerpo.

AQUÍ LAS FAMILIAS SON MUY RESPETUOSAS. TODOS NOS conocemos y nos procuramos, algunos tienen una relación más cercana que otros, nuestros hijos han crecido juntos, estudiaron en las mismas escuelas. Cuando una familia viene de otra parte a comprar una casa y se instala con nosotros, con prudencia y afecto se les integra a la vida social; por supuesto, en la medida en la que ellos lo permiten. Nadie se inmiscuye en lo ajeno, nos cuidamos y nos acompañamos: solo así es posible la seguridad; nuestras puertas están abiertas para los vecinos; sin embargo, nos hemos visto en la necesidad de cerrar la zona para evitar que vengan los de afuera a perturbar lo que tenemos; también, contratamos una patrulla particular y algunos han electrificado sus rejas e instalado alambradas, pero es por precaución.

Antes se respiraba el aire prístino de la tranquilidad, hoy las cosas han cambiado. Demasiada furia transita en las calles. Es imposible mantenerse incólume ante la violencia, pero intentamos que los virus de la ciudad no contaminen nuestro aire. Es cierto que vivimos temerosos, mas el miedo nos mantiene alerta.

Últimamente nos reunimos cada mes para discutir estrategias que nos protejan de la gente de afuera. La seguridad, la confianza y la certeza de compartir los mismos valores es lo que nos ayuda a permanecer firmes; sin embargo, nunca se sabe. Hace ya... algunos años... se encontró el cuerpo de una muchacha, por desgracia... para nosotros, una vecina. Jamás se esclareció el crimen porque sucedió en circunstancias extrañas, ajenas a nuestra injerencia. Al parecer las investigaciones quedaron inconclusas.

La familia ya no vive aquí —afortunadamente, aunque esté mal que lo diga, porque su presencia no nos dejaba conciliar el sueño—.

Fue un hachazo que nos atemorizó. Aquel cuerpo desató una crisis entre los vecinos, provocando un largo periodo de silencios y desconfianza; pero ya pasó y hemos incrementado la seguridad.

La vigilancia es eficiente. Ya no se permite que anden los jóvenes por ahí fumando y paseando, exponiéndose. Se decretó así para evitar malas experiencias. Además no es bueno promover el ocio entre los muchachos. La verdad es que daban muy mala imagen al fraccionamiento.

Eso que pasó no tuvo que ver con nosotros. La gente de aquí es de bien, no hace ni provoca estas cosas. Con esfuerzo hemos logrado superar ese momento para que el lugar donde vivimos siga siendo lo que siempre ha sido.

muerte. Se abandonó por completo. Aunque siempre juzgué la poca importancia que me otorgó durante años, entiendo que no lograra resurgir. Él había desarrollado un vínculo con mi hermana incluso superior al que le unía con mi madre: ¿quién puede sobreponerse a una pérdida de amor tan grande? Los que sobrevivimos no pudimos llenar ese espacio. Descendimos al purgatorio para acompañar en su tránsito al cuerpo de mi hermana; no quisimos renunciar a ella, por eso su vacío sigue ensombreciendo nuestras vidas. Inventamos nuestro propio infierno y nos precipitamos a sus fauces. Cada uno tuvo que combatir a sus demonios e intentar regresar con vida a la realidad; mi padre no lo consiguió. Como perros luchábamos por defender el trozo que nos correspondía de su muerte, cada uno a su manera y según sus leyes. Yo me convertí, a partir de entonces, en el hermano de la muerta; he asumido el papel que me otorgó el destino; de alguna manera, no podría ser alguien distinto al hermano de la joven muerta. En muchas ocasiones he querido gritarle al mundo que estoy vivo, que soy otra persona, pero en realidad aquella mañana renuncié a mi cuerpo, convirtiéndome en una sombra. Amo ser el espejismo de la muerte. Celebro cuando alguien me observa y descubre en mi rostro los gestos de mi hermana; conforme fui creciendo me apropié de su perfil, de sus pómulos, de sus cejas, de su mentón, como si hubiéramos sido gemelos. Sé bien que es enfermizo, pero qué se supone que podría haber hecho: borré mi imagen y conservé la suya, renuncié a mi vida y quise, hasta lo imposible, vivir la suya para que no se desperdiciara.

Mi madre se decidió por la vía penal, necesitaba ponerle rostro y nombre al asesino, pero no pudo derribar el muro silencioso que los vecinos habían levantado en torno, puesto que las buenas familias protegieron a sus hijos. En el transcurso de los primeros meses mi padre fue consecuente con la actitud de mi madre, aunque de manera cabizbaja y débil. Tras los fracasos judiciales, se divorciaron.

Mi padre perdió con cuentagotas la voluntad. Primero fue perdiendo el sueño, luego abandonó el trabajo; comenzó su tratamiento, las pastillas lo hundieron en una profunda desesperación, colmada de fantasías suicidas que minaron su cuerpo. Enfermó. Guardó silencio. Se convirtió en un caracol: ensimismado, lleno de recuerdos, su espíritu era una babosa desamparada. Ante mis ojos un hombre se iba convirtiendo en un idiota, pero no hice nada por comprenderlo, mucho menos por ayudarle: durante años estuvo gritándome que lo rescatara, pero no quise escucharlo. No podía soportar que su dolor fuera mayor que mi propio sufrimiento. Después, no mantuvimos relación. Dejé que se arrumbara en su propia grieta.

Mi madre, en cambio, se deshizo de cuanta cosa pudiera recordarle a mi hermana. Una tarde, terrible, decidió quemarlo todo. Intentó saldar cuentas consigo misma. Pensó que la curación vendría de fuera, se abrió al mundo; se entregó a los hombres, pero mantuvo un cordón atado a su memoria que le exigía más de lo que podía soportar y más de lo que podían resistir los otros.

Mis padres renunciaron a su matrimonio después de los primeros tres años de combatir contra la muerte de mi hermana. Nuestra historia tiene como puntos de referencia los aniversarios de su muerte: comencé la secundaria el año en que la mataron; ingresé al bachillerato en el tercer aniversario de su muerte, que coincidió con la ruptura de mis padres; al siguiente fracasé en la escuela, en el quinto la dejé definitivamente, y a mi padre lo internaron cuando se cumplía su aniversario número siete.

Hubo una fiesta...

Teníamos escasos meses de haber llegado. Crecí en distintas ciudades porque a mi padre constantemente lo movían de cargo y cada cambio implicaba una ciudad nueva. A veces a mitad de año, entonces él se adelantaba y mi madre y yo lo alcanzábamos al terminar el ciclo escolar.

Nunca me gustaron los veranos porque en mi lenguaje significaba que debía decir adiós de nuevo. Las sucesivas mudanzas me hicieron inmune a la amistad. La carencia de verdaderos amigos la saldaba fingiéndome extrovertido, sin ataduras; en cada oportunidad, yo presumía de haber vivido en lugares que ninguno de mis compañeros podría imaginar, la mayoría ciudades inventadas con nombres extraños en otros idiomas, aunque nunca vivimos fuera del país y en muy pocas ocasiones viajamos a Estados Unidos: Disney, shopping, juego.

Mentir era mi defensa, la fantasía fue mi disfraz; sin embargo, cuando llegaba el día del cambio, lloraba como un cachorro arrebatado de la camada.

Hubo una fiesta...

La familia de enfrente nos había recibido con entusiasmo y me invitaron a jugar. Niños de diversas edades se perseguían, luchaban por subirse a los juegos, se arrojaban la comida, recibían los gritos pertinentes. Me comporté de acuerdo al ritual: esperé callado, merodeando, soportando murmullos y risas, hasta que las cosas fluyeron y comencé a relacionarme. Alfredo dijo que era imposible que hubiera vivido en tantos lugares. Todos se burlaron de mí; me sentí descubierto; luego, él se retractó y me siguió el juego. Así pactamos nuestra amistad. Jamás dijimos nada sobre aquel encuentro. Con Alfredo nunca tuve necesidad de mentir.

Arribamos a la ciudad junto con las primeras franquicias transnacionales: Domino's Pizza, McDonald's, Blockbuster; la euforia convirtió estos comercios en lugares exclusivos: «¿No has ido a comer a Freedom?». Todavía eran pocos, pero suficientes para despertar al compulsivo consumidor que había permanecido dormido bajo su ilusión provinciana durante décadas, este animal se estaba preparando para el arribo definitivo de las cadenas comerciales: Ciudad de OXXO, Villa de Farmacias del Ahorro, Territorio Telcel, Slim's Slaves Factory.

Las familias, a lo largo de un éxodo aletargado, iban abandonando las casonas del centro para vivir en las zonas residenciales. Aunque muchos abuelos se resistían, terminaron arrendando o vendiendo sus devaluadas propiedades a precio de terreno, listas para ser ocupadas por algún almacén Elektra o derribadas para convertirse en estacionamiento público, en mueblería o en centro de venta «Todo a tres pesos».

Aunque el sismo del 85 había propiciado una fuerte huida del D. F., años después, con el arribo de las empresas comerciales, fueron muchas las familias provenientes de distintos lugares que encontraron cabida en la ciudad. Nosotros, en primera fila. También, como nosotros, muchos de cuantos llegaron terminaron por mudarse siguiendo nuevas ofertas.

Mi padre rentó con bastante dificultad la casa donde vivimos durante tres años, porque la sociedad de vecinos no permitía ese tipo de tratos; aunque, ciertamente, un amplio sector de los residentes venía de fuera, solo que habían comprado la propiedad y eso les significaba una especie de título nobiliario, de membresía pequeñoburguesa que pretendían defender a toda costa.

Tres años...: auténticamente impusimos récord. Durante un tiempo la familia permaneció unida, pero después mi padre tuvo que viajar a diario hasta que terminó por vivir con nosotros solo los fines de semana.

De aquella época llena de cambios de todo tipo —voz, peso, altura, vello— proceden los únicos veranos que disfruté, que amé y que recuerdo; incluso el último, cuando Alfredo y yo nos separamos para siempre.

MIGUEL ME HABÍA DEJADO SOLO ANTE EL CUERPO INERTE de mi hermana. La escena parecía un montaje absurdo, como si un ángel la hubiera depositado entre la hierba cuidando hasta el más mínimo detalle. La noche había maquillado su piel con la palidez marmórea de la luna, la rigidez de sus miembros le otorgaba un parecido terrible a las estatuas, pero a una «estatua asesinada», una joven mártir; ¿acaso una santa Inés expuesta a la brutalidad de los hombres? Su muerte contrastaba con el furor de los girasoles.

Finalmente pude acercarme y arrodillarme ante ella. Hubo un silencio que detuvo el movimiento del aire. La miré como se mira un sueño, el eco de un sueño. Deslicé mis dedos por su frente congelada, recorrí sus cejas y sus párpados cerrados, apropiándome de sus rasgos. Toqué su boca buscando los restos de una palabra, pero hallé sus labios clausurados para siempre. En el ensueño escuchaba la melodía sosegada de un piano que atravesaba el aire acercándose desde el seno del reino de los cielos. Retiré delicadamente su cabellera y descubrí sus pechos contusos, su vientre consumido y su sexo masacrado. Quise preguntarle si no estaba «muerta de sueño», si acaso despertaría. Después lloré por mí, pidiéndole disculpas por haberla espiado la noche anterior, por desearla, por haber querido ser como ella. Lloré porque jamás quise hacerle daño, porque ingenuamente me sentía culpable.

No sentí cuando llegaron los vecinos hasta que fui consciente de estar rodeado por ellos; sentí que un hombre me levantaba del piso cuando mis dedos acariciaban sus dedos, despidiéndose para siempre. Entonces escuché los lamentos de mi madre y entreví el enmudecimiento de mi padre, que predecía su locura. La lentitud de mi tiempo interior deformaba los rostros de la gente y tornaba absurda la celeridad del mundo. Las voces, los gritos y las quejas se aglutinaban en mi oído; sus expresiones, sus movimientos y sus rostros parecían deformes. Me solté del hombre que me sujetaba y hui de los murmullos de los vecinos, que ya empezaban a sacarle filo a sus lenguas.

Al parecer, la mayoría se deleitó con la imagen beatífica de mi hermana, con el horror de su martirio. El éxtasis que reflejaba su cuerpo les resultaba ofensivo. Nadie se atrevió a cubrirla. Ni siquiera la policía intentó movilizar a la gente y prohibir el paso. El aire, la luz o las flores los obligaban a permanecer ante ella como si fuera una aparición. Mucha gente la juzgó e inculpó inmediatamente. Sus prejuicios levantaron las piedras que sus palabras lanzaron sin miramientos. No le concedieron un minuto de compasión. Callaron las voces celestiales con sus injurias; a pesar de lo notorias que eran las contusiones, la inexpresividad angelical de su rostro les hacía pensar que, hubiera pasado lo que fuera, seguramente ella lo había provocado y por lo tanto se lo merecía. En todo caso, lo que la gente quería encontrar era un cuerpo mutilado, mirar la inmundicia para aceptar la inocencia de la víctima y no ver la belleza con que la muerte había revestido su cuerpo, homenajeando su candidez adolescente. De ser posible la habrían apedreado en el acto, puesto que frente a su éxtasis, la gente empuñó tierra y se la arrojó maldiciéndola.

También la apedrearon con sus pensamientos y con sus afirmaciones. Los hombres la desearon y en silencio justificaron a los criminales; las mujeres, en cambio, la repudiaron por ser bella más allá de la muerte.

BIEN MERECIDO LO TIENE POR ANDAR DE OFRECIDA. NO es que me alegre su muerte, por Jesucristo, Dios la guarde; pero he visto a esas niñas pasearse contoneándose por aquí todo el tiempo, provocando a los hombres con sus falditas y sus baileteos. Antes se tardó en suceder. Lástima que tuviera que morir alguien para que las otras aprendan; sin duda es una enseñanza terrible, cruel y triste. Ya lo decía yo: estas muchachas van a acabar ardiendo; quien a fuego juega, en llamas termina. Pero el problema son los padres: ¿dónde están papá y mamá?, ¿es que no hay educación en estos tiempos?, ¿desaparecieron los padres de familia?, ¿se acabó la tradición y la disciplina?, y la escuela, ¿para qué? Para nada, todo es inútil. Pero hace falta mano dura. A esa muchacha se le veía mucho juntarse con los grandecitos, luego, seguramente se le andaba ofreciendo a algún chofer, qué sé yo. Tal vez la vieron sola los albañiles y por seguirles la broma se le echaron encima como animales. El problema es que ahora les pica más pronto allá abajo y sienten una comezón y una necesidad inexplicable. Desde aquí, siempre que me asomaba, alcanzaba a ver a estas niñas con otros muchachos: el hijo de Ofelia, los dos de Catalina, el tal Galindo y los hermanos Tirado; no son malos, son muchachos, pero se les pasaba la mano con sus juegos. Generalmente estaba ella a su lado tomando cerveza, aunque era muy chica, y danzándoles y llevándose con ellos a mentadas, subiéndose a los toldos de los coches, aventándoles el cuerpo, provocando sus instintos viriles... Pero esos chicos nada tuvieron que ver. ¿Quién fue? Cómo saberlo; mucha gente mala viene por aquí, gente de otros lados.

Seguro la vinieron a tirar acá para ofendernos; hay mucha pelusa resentida, no vamos a negarlo. Por eso lo hicieron. Pero la muchacha, pobrecita, aunque era muy atrevida, quién puede saber la clase de gente con la que se juntaba.

LA GENTE HABLA MUCHO. DIJERON COSAS, PERO SE callaron otras que debieron decir. Tuvieron su carroña y se atracaron. Después cerraron los postigos, reforzaron las cerraduras, mandaron enrejar los accesos del fraccionamiento, alzaron un muro y rechazaron a los abogados que mi madre había contratado.

Los vecinos suelen mirarse todo el tiempo, conocen las rutinas de los otros, señalan con autoridad los defectos de los demás; sin embargo, cuando es necesario dar un testimonio, nadie puede asegurar haber visto nada.

Conforme transcurrieron las semanas, se negaron incluso a recibir a mi madre para conversar. Nosotros dejamos de pertenecer a los vecinos porque llevábamos una marca terrible. Por lo tanto, tuvimos que huir, aceptar el destierro como si hubiéramos cometido un crimen. Nuestra expulsión fue decisión propia, pero acaso inducida o sugerida por los demás: de pronto nos convertimos en la manzana podrida. Este fue el golpe definitivo que doblegó a mi padre, arrojándolo al acantilado de la depresión a la que no pudo sobrevivir.

Mi hermana no se había suicidado; sin embargo, para ellos daba igual; después de los funerales, la gente comenzó a evitarnos. Quizá su muerte puso en entredicho la supuesta confianza en que se basa la vida entre vecinos, abrió una grieta por donde miraron su vulnerabilidad y, en lugar de protegernos como las víctimas que éramos, prefirieron arrojarnos porque el cuerpo resplandeciente de mi hermana sobre la hierba —sobre *nuestros* jardines, dentro de *nuestro* círculo— resultaba inadmisible. Fue la pulla contra la confianza de las familias bien educadas que han hecho de este lugar un espacio seguro. De haberla encontrado junto a las vías, en los jales, por el río, en cualquier lado pero fuera de *nuestro* territorio, lejos de *nuestra* vista y de *nuestra* confianza, seguramente hubiéramos recibido la piedad, el acompañamiento y la ayuda que necesitamos entonces.

El asunto era interno por más que la policía se distrajera buscando en otros lados. Sin decir palabra, guiándose por el olor ácido de los rumores y las dudas, todas las casas respondieron de común acuerdo para proteger a los suyos: cerraron filas, corrieron las cortinas, guardaron silencio y se decidieron a extirpar el tumor en que nos habíamos convertido.

DISFRUTÁBAMOS DE TENDERNOS SOBRE LA HIERBA DE LOS prados, cerrar los ojos y sentir la furia del sol sobre nuestros párpados; entonces, cada uno describía las llamas internas que abrasaban sus ojos; a veces, yo le arrojaba un puñado de hierba sobre su rostro, cuando se encontraba en un punto de extrema concentración apretando las pestañas contra las cavidades, resistiendo el calor; otras, él me hacía lo mismo, pero en menos ocasiones, puesto que era comúnmente yo quien se desesperaba antes. Luego nos revolcábamos rodando por los prados, apretando con fuerza nuestros cuerpos.

Competíamos por cosas absurdas, pocas veces peligrosas; en realidad, aunque alardeábamos, los dos éramos precavidos y temerosos. Alcanzar una meta, lanzar contra botellas de vidrio algunas piedras, trepar por los muros de las construcciones, no respirar. En una ocasión, encontramos una tarántula

entre las grietas de los jales, en el acto de descubrir-
la los dos gritamos y corrimos; luego, reímos, recu-
peramos el aliento y regresamos agarrados del brazo al hueco donde se encontraba la tarántula,
alentándonos para acercarnos, chocando nuestros
hombros, empujándonos, excitando nuestros temo-
res; hasta que por fin pudimos volver a verla.
Apostamos para ver quién se atrevía a mirarla más
tiempo y de más cerca. Yo duraba poco, por la ansiedad; pero también por seguir la broma... De pronto,
Alfredo comenzó a contemplar la maravilla: su mirada rozaba el henchido y atigrado pelaje de la tarántula, revistiendo la sombra de sus patas, delineando
su cuidadoso desplazamiento. Estaba hechizado,
como si la tarántula le hubiera inyectado, tan solo por
mirarla, su melancolía. De alguna forma, yo también estaba absorto, pero ante la contemplación de
Alfredo. El silencio nos envolvió durante un exten-
so minuto que todavía perdura en mi memoria.
¿Alguna vez he vuelto a ser testigo de algo tan bello?

Sobresaltado fingí aventarlo contra el animal;
la araña huyó entre las grietas y Alfredo se volteó
espantado y me miró con desprecio. Esa fue la primera ocasión en que sentí el peso de su mirada; la
otra fue cuando encontramos el cuerpo muerto de
su hermana.

AQUEL DÍA RENUNCIÉ A SER ALGUIEN. PARA MIS PADRES me convertí en un eco. Para los vecinos, en una especie de enfermo; para los chicos de la escuela, en ave de mal agüero. Supongo que al ver su muerte me convertí en un espectro. Luché, en verdad me esforcé por desprenderme, pero tuve momentos en los que fui extremadamente débil. Recuerdo una tarde de enervante soledad, tumbado frente a la televisión. En un instante creí escuchar una risa parecida a la de Lucrecia que provenía de su recámara; imaginé sus voces hasta que tuve la imperiosa necesidad de ir a su cuarto —al principio mis padres lo conservaban intacto como un santuario—. Sigilosamente me dejé llevar por la memoria. Me dirigí a sus cajones y al armario. Primero, tímidamente rocé los vestidos respirando el avinagrado aroma de su recuerdo; las yemas de mis dedos reconocían las texturas. No pensaba en ella, ni siquiera en su muerte. Me dejé llevar por el tacto y el olor que desprendían los vestidos.

Debió de pasar mucho tiempo.

Cuando reaccioné, miré a mi madre que lloraba en el quicio de la puerta sin poder decir palabra, después mis ojos se encontraron en el espejo del tocador. Tenía un lápiz labial en la mano; en la cama había mucha ropa desperdigada; yo llevaba puesta una de sus blusas y tenía las piernas desnudas. Cuando comprendí lo que había hecho comencé a llorar. Mi madre no pudo regañarme, se quedó mirándome —o mirándola a ella a través de mí—. Fue un punto de unión tan intenso como momentáneo, que después nos alejó definitivamente. ¡Déjame en paz! Cerré la puerta y comencé a desvestirme.

A la mañana siguiente vaciaron su recámara y mi madre se deshizo, contra el deseo de mi padre, de cualquier cosa que pudiera despertar su recuerdo. Arrojó al estacionamiento sus ropas: blusas, halters, calzones, medias, faldas, y les prendió fuego. Había que olvidarla, sacar de la casa el perturbador olor de su recuerdo.

EL JEFE DE MI PAPÁ ERA DUEÑO DE UNA CASA EN EL campo, una inmensa propiedad con piscina, frontón, mesa de billar, caballerías y otras atracciones a las que era imposible resistirse. Aunque su esposa tenía la edad de mi mamá, el señor era mucho mayor que mi papá. Afortunadamente no tenían hijos, de lo contrario me habría tenido que resignar a soportarlos como tuve que padecer a tantos otros. La primera ocasión en que nos invitaron a pasar el fin de semana en su rancho, le sugirieron a mi mamá que llevara a un amigo para no aburrirme. Alfredo me acompañó y fuimos, aquella vez, más que amigos, hermanos.

El permiso para que Alfredo pudiera ir con nosotros durante un fin de semana fue una de las hazañas que sigo agradeciéndole a mi mamá en silencio, puesto que a la familia de Alfredo no le agradaban esas ideas; sus padres eran conservadores y luchaban por acoplarse a una sociedad colapsada, intentando entenderla pero resistiéndose con fuerza. Nosotros, en cambio, nunca tuvimos arraigo; vivimos a la deriva, a expensas de lo que decidieran otros, adoptando valores y creencias de acuerdo a las circunstancias, es decir: modernos gitanos con televisión por cable y comodidades momentáneas. Mi papá luchó toda su vida por sobrevivir a sus resentimientos primarios; se avergonzaba de su origen humilde y despreciaba cualquier cosa que se lo recordara; en cambio, en la casa de mi madre, eran ellos quienes se avergonzaban de nosotros y evitaban nuestra compañía. Mi papá quiso hacer dinero, más que por interés propio —en el fondo era un hombre sencillo— para arrojárselo a mis abuelos y a mis tíos. Lucharon durante años, hasta que nos fuimos desprendiendo definitivamente de la «familia» y adquiriendo alguna de momento que nos invitaba a pasar la Navidad o el Año Nuevo, aunque esas fechas solíamos celebrarlas en Las Vegas, Orlando, San Antonio, brindando con los comensales de las mesas contiguas que, al igual que nosotros, desconocían el concepto «hogar».

En la casa de campo todo nos resultaba inquietante y apetecible. No desperdiciamos el tiempo. Recorrimos, acompañados por los perros del rancho, los campos cercanos a la casa, nos adentramos en una arboleda constreñida, encontramos un claro donde las espigas ondulaban su dorada luminosidad, seguimos hasta el manantial, en realidad un hilo de agua que descendía por una alta roca para llenar una charca lo suficientemente profunda para nadar en ella. Los dos nos desnudamos y nos lanzamos al agua, nos sumergimos hasta el fondo terroso, cogimos la luz solar que atravesaba la transparencia y luchamos cuerpo a cuerpo, sintiendo la plenitud de nuestras fuerzas; después, agotados, nos echamos en la tierra mientras los perros nos merodeaban, incitándonos a volver al agua.

Por la noche combatimos el cansancio para postergar el sueño. ¡Hubiéramos querido que aquella noche perdurara para siempre! Inventamos travesías imposibles, hicimos el recuento de las victorias y las derrotas de la jornada, aceptando con dificultad las pérdidas; criticamos a los compañeros de la escuela que nos desagradaban y evocamos los pechos de Juanita y de las primeras compañeras a quienes se les notaba la adolescencia. Contamos historias de aparecidos. Tuvimos miedo y nos reímos de nuestra cobardía. Estuvimos acostados juntos, por muchas horas, con la imperdonable inocencia de dos niños que se quieren. ¡Hubiéramos querido permanecer en esa noche! Los niños no piensan en el destino.

EL MUCHACHO ERA MUY RARO. ÚNICAMENTE SE LE conoció un amigo; con él encontró a su hermana. El amigo se marchó ese mismo verano y él no volvió a tener otro círculo de compañeros; en parte porque los chicos conocían su historia y no sabían cómo reaccionar con él, pero sobre todo porque siempre fue huraño y después de lo que pasó se le agudizó la rareza. Dicen que es homosexual, que nunca superó la experiencia dolorosa de haber hallado el cuerpo de su hermana. Puede ser, a mí no me consta, pero desde antes se comportaba de una manera extraña: distraído, taciturno, delicado. Los chicos solían molestarlo mucho, le gritaban burlas y ofensas sobre su afeminamiento; su amigo encaraba a quienes lo agredían, en más de una ocasión se lió a golpes por defenderlo. Pero se fue y tuvo que seguir solo. Afortunadamente, los chicos dejaron de molestarlo, tal vez por compasión o por miedo, aunque yo creo que prefirieron ignorarlo. Sin duda es homosexual: la gente rara suele adquirir esos vicios. Las escuelas deberían preocuparse más por la formación interior de los jóvenes, prohibir ciertas actividades que promueven la inmoralidad; por ejemplo, uniformarlos; también, quitar esas clases sobre sexualidad que lo único que incentivan es el libertinaje, ahí es donde se enteran de las píldoras y de otras prácticas anticonceptivas, dígame usted para qué quieren saber estas cosas los chicos. La gente de bien se casa y tiene hijos; en nuestras familias, las mujeres no se acuestan con sus novios antes del matrimonio; entonces para qué enseñarles esos asuntos que únicamente les calientan la cabeza.

Dicen que tuvo relaciones con su hermana, quizá por esta razón le dolió tanto su muerte; pero si fue cierto, bien merecido el castigo. Vivimos en un mundo sin orden. ¡Mano dura! ¡Disciplina! ¡Como antes! ¡Como debe ser! Por eso le digo que la muchacha era mala y que el hermano también, algo perverso había en su mirada, no recuerdo el rostro de aquel muchacho, pero seguro que tenía metido al diablo en los ojos.

Esas cosas no le pasan a la gente normal; esos casos se leen en la prensa, pero no tienen relación con nosotros ni con nuestros hijos. Por qué cree que le digo que nuestros hijos son inocentes. ¡Vaya usted a saber con quiénes se juntaba esa niña! Ya le dije, cometieron incesto; además el chico es homosexual... Qué supone usted que podría pasarles.

HACE TIEMPO DECIDÍ DEJAR ATRÁS ESA HISTORIA. ME marché y nunca he vuelto. *Allá* enterré todo lo que me había dañado. Busqué un lugar en donde difícilmente pudiera encontrar conocidos. Nunca tuve lazos familiares fuertes, solo los necesarios para sobrevivir a la infancia; después viví para mí y por mí. No fue difícil distanciarme.

Como las personas que huyen, evito encontrarme con el pasado. *Allá* no existe, solo es real este sitio; no puedo decir lo mismo del tiempo, porque aunque lo he deseado, no consigo arrojar totalmente esos días al olvido. Los dejé atrás; pero, en soledad, me acechan los perros de la memoria.

Tengo miedo, mi estado habitual es el miedo. Hui por miedo, también por fatiga, por necesidad y por la culpa; pero sobre todo por el temor inmerso. A diario me perseguían pensamientos sobre lo que podrían hacer conmigo si me reconocieran. Sigo temiendo encontrarme con ellos por casualidad. Durante un tiempo trabajé en una cafetería con horario nocturno porque padecía insomnio; en una ocasión llegó un cliente que, de lejos, se parecía mucho a uno de ellos. Me quedé paralizada. Sentí que por mis piernas escurrían unas gotas de orina. Renuncié. Desde entonces, únicamente busco trabajos como telefonista. He participado en ventas, publicidad y cobranza de todo tipo; un mes estuve en una hot line pero no logré soportar la violencia verbal. Busco a toda costa el anonimato, acepto cualquier oportunidad que me mantenga en un cubículo, aislada.

El miedo me prohíbe tener relaciones duraderas. Los hombres hacen muchas preguntas y, al no recibir respuestas satisfactorias, se marchan; únicamente permanecen un tiempo conmigo quienes nunca me interrogan. Tengo una buena amiga que conocí en una estética, ella es la encargada; a veces salimos juntas, pero es una amistad superficial. Las dos tenemos pasados duros que preferimos callar.

Compartí casa, durante unos meses, con una chica que estudiaba en la universidad; las cosas funcionaron bien porque nos acompañábamos y nos relacionábamos en presente. Le debo una disculpa, me marché sin mayores explicaciones al día siguiente de la fiesta que organizó para sus compañeros. Las únicas chicas en casa éramos las dos, los demás eran hombres. Aunque quise controlarme, la angustia resurgió y me revolcó.

Eran buenos muchachos, reían y cantaban; estuvieron tomando hasta el amanecer. Hubo insinuaciones que calaron hondo en mis nervios. La imaginación me tendió una trampa. Resistí a la noche, me enfrenté al miedo, pero tuve una regresión que me obligó a retirarme.

La multitud me hace sentir segura. Aunque jamás visualicé la posibilidad de cometer suicidio, sí deseé muchas veces morir. Sin embargo, mi temor a la vida es proporcional a mi temor a la muerte; por lo tanto, la mayor parte del tiempo me quedo inmovilizada e indecisa, miro la televisión, mato los días, desperdicio mi tiempo.

Solía ser extrovertida, no me refrenaba el alardeo de los machos ni las consignas de las recatadas. Aspiraba a sentir el filo de la vida en mi piel.

Al cumplir dieciséis años —unos meses antes de lo que pasó— tuve mi primera relación sexual; fue en un automóvil; nada memorable, salvo el atrevimiento. Me dolió mucho, fue incómodo, un tanto brutal.

Lo hice con Camilo porque era de los grandes y creí que sabría cómo hacerlo; él tampoco había tenido relaciones, los dos intuíamos y empujábamos pero estábamos borrachos y no lográbamos acomodarnos en el asiento. Me reí burlonamente; se enojó; le pregunté si lo había hecho antes; se molestó más y lo hizo con fuerza. Terminó casi al instante de haberme penetrado. Me acomodé la ropa. Él se quejó de que había manchado el asiento y no sabría cómo explicárselo a su padre. Yo le dije que era un imbécil y me largué.

Creo que ella era virgen.

Tenía curiosidad, como todas; también dudas, la incertidumbre que detiene a una niña que sabe que su cuerpo, aunque lo pide a gritos, todavía no está dispuesto para ser habitado. Pero llenamos nuestra cabeza con lo que inventan las chicas en el baño, con mala televisión y con revistas infames producidas por mujeres que quisieran ser hombres.

Días antes de su muerte me dijo que lo había hecho, pero lo dijo de un modo tan frío que no la creí. Lo platicamos muchas veces, incluso jugueteamos tocándonos o diciendo cosas obscenas. Nos gustaba acariciar nuestros cuerpos.

Nunca le conté lo que pasó conmigo, le dije que me había dolido pero que se sentía bien; me molestaba recordarlo y quería que alguien más tuviera una experiencia como la mía, para reír juntas o para compadecernos, sobre todo para compartir la frustración.

MI MADRE DEBIÓ DE HABLAR ESCASAMENTE CONMIGO durante el embarazo porque nunca sentí su voz como algo entrañable. Crecí en su vientre como una duda. Dicen que mi hermana tomó la noticia con tranquilidad, tal vez con indiferencia. A mis padres les sorprendió enterarse de mi nacimiento porque no tenían contemplado el arribo de otro miembro a la familia. Pienso que los dos habrían preferido una sola hija. Mi hermana era suficiente para ambos.

Parece que tardé en llorar, que nací temeroso de nacer y que desde entonces fui comparado con mi hermana por familiares, amigos, enfermeras y desconocidos. Los dos llevábamos el cabello con el mismo corte y vestíamos colores y diseños parecidos que satisfacían la excentricidad de hacernos idénticos. Yo me miraba en ella para descubrir mis propios rasgos; sin embargo, algo preciso, insignificante pero definitivo, marcaba la diferencia: la caída de los hombros, cierta imperfección en el ángulo de la nariz, la curvatura de los dedos, una mínima línea en la arcada de las cejas o en el párpado izquierdo me mostraba tosco e imperfecto.

Mi padre amaba a su hija con devoción, y a mí me afectaba mucho ese vínculo, su manera de mirarla y su afán por tenerla cerca de su cuerpo; no me importaba el descuido hacia mí, lo que no soportaba era que alguien más, y de mayor jerarquía, la quisiera tanto como yo. Mamá también amaba mucho a su hija, pero era consciente de que disputaba con ella el amor de papá en una guerra perdida de antemano. Así que mi madre prefería ignorar su derrota para evitar suposiciones que la habrían torturado.

Conmigo era distinto, ambos se esforzaban por darme cariño, pero su afecto era costumbre. A veces, yo representaba la isla donde reposar las traiciones de ella. Pero en realidad los tres disputábamos con ferocidad el favor de la reina.

Amarla me dolía porque podía llegar a ser siniestra. Yo admiraba sus maneras de conducirse, su precocidad y su altivez. Me molestaban sus arrojos, su manera de ignorarme, sus excesivos privilegios —como el de ir junto a mi padre en el asiento delantero del auto siempre que salíamos en familia a pasear fuera de la ciudad—.

Papá y mamá saludaban a su hija con un inofensivo beso en la boca, lo hacían de niña y siguieron haciéndolo a menos que ella lo evitara; en cambio, para mí había una sacudida de cabello y una palmada en la espalda. En algún momento mi padre dejó de saludarme de esa manera y comenzó a alargarme la mano con autoridad.

Mi hermana era quien solía abrazarme sin miramientos y procuraba hacerlo para molestarlos con tan exclusivas muestras de cariño: ella me ayudaba a comer, ella me llevaba de la mano en la calle, ella jugaba conmigo al salón de belleza y me pintaba las uñas de los pies, ella me enseñó a sentarme en la taza del baño y a limpiarme, ella me amenazaba si sospechaba que iba a acusarla por alguna travesura, ella destruía mis juguetes por considerarlos infantiles, ella me dijo una vez que me escondiera entre la ropa en una tienda y papá y mamá se olvidaron de mí porque pasó mucho tiempo, hasta que una dependienta me descubrió asustado y me condujo con el policía.

Supongo que fui su juguete preferido: una muñeca para vestir y desvestir, para humillar y colmar de besos, para querer y regañar. Después crecimos y cambiaron las cosas.

Fue difícil, para mí, comprender que nuestros cuerpos eran distintos y que debían mantenerse distantes. La primera vez que el deseo sexual me produjo una erección fue junto a su cuerpo, y fue terrible. Dormíamos en el sofá del cuarto de televisión mientras mamá preparaba la comida. Sentí el bulto de sus nalgas presionándome. Desperté. Lo tenía duro. Me separé de inmediato. Ella sin inmutarse dormía con la falda del uniforme escolar alzada hasta la cintura, enseñándome sus piernas. Sentí temor y ansiedad. Dudé, quise levantarme pero acerqué la palma de mi mano a su pierna y rocé su piel, quemándome; después, con la punta del índice presioné su pecho y sentí su apretada constitución.

Ella fue todo lo que el resto de nosotros nunca pudo ser: hermosa, simpática y terrible. La amábamos y la temíamos, por eso cuando murió nos fuimos desintegrando.

negra y formaban su antro particular, donde al principio bebían y fumaban hierba; luego adquirían hábitos más rudos. Los chicos nos conformábamos con los lotes baldíos donde el sol azotaba indolente durante tardes infinitas. Teníamos prohibido acercarnos a la guarida de los grandes, a riesgo de ser verdaderamente maltratados. Alrededor de estos lugares crecían las leyendas negras, los mitos juveniles, las ficciones grupales; luego, estas casas —que solían quedar inconclusas— las heredaban los menores; nadie sabe exactamente cómo, ni por qué pruebas había que pasar, pero así sucedía. Alfredo y yo nos lamentábamos por no tener un grupo lo suficientemente fuerte para poseer una casa en ruinas, también nos enfurecía carecer del hermano mayor que fuera nuestra entrada en el reino de los grandes; pero, en realidad —aun cuando esas cosas tenían poca importancia para nosotros—, nuestro mayor resentimiento procedía de saber que era imposible que compartiéramos esa época.

El Chato era hermano de Camilo; aunque no lo integrábamos mucho, algunas veces iba con nosotros a andar en bicicleta. Siempre presumía de las aventuras de su hermano como si fueran propias. Solía utilizar palabras que nosotros desconocíamos y que venían del argot que los grandes acostumbraban usar para referirse a sus actividades básicas: droga, sexo, droga, sexo. Algunos ya habían experimentado la congestión o la sobredosis, y se vanagloriaban como si el ingreso al hospital fuera una medalla al mérito. Aunque los familiares siguen sin aceptarlo, desde entonces el consumo y la venta de éxtasis, cocaína, hierba y otras drogas es habitual; incluso dentro del fraccionamiento, los hijos de familia lo hacían en las narices de sus padres, cuyos mecanismos de defensa rebasaban cimas insospechadas de ingenuidad.

Al Chato le decían así porque no había dado el primer estirón. En la escuela lo molestábamos diciéndole que se había quedado chato de masturbarse, pero a él no le afectaban las burlas porque cuando se trataba de conseguir alguna revista pornográfica los chicos solían buscarlo para comprarle las que él le robaba a su hermano. En muchos sentidos era más avispado y atrevido que Camilo, a quien generalmente vapuleaban sus camaradas. El Chato llegaba a ser tan cínico que había resuelto cobrarles a sus amigos para que vieran a su hermana desnuda. Nunca lo hizo, el canijo, pero esta clase de ideas eran recurrentes en él.

En los baldíos jugábamos a los Power Rangers, a Goku, a los Caballeros del Zodíaco; cogíamos varillas oxidadas que utilizábamos como espadas y cartones que transformábamos en escudos. Las bicicletas no eran más los ideales caballos de nuestros padres, se convertían en motonetas del espacio. Era la invasión definitiva de las series americanas. Los maravillosos recuerdos de Kevin Arnold correspondían a una nostalgia que no era nuestra, incluso se decía que su compañero, el larguirucho de lentes, era en la vida real Marilyn Manson: ¿se puede ser en la vida real Marilyn Manson? A nuestra edad, todavía no disfrutábamos completamente de los Simpson porque para entonces aún no comprendíamos la ironía: éramos crueles y voraces, pero la ironía es una habilidad que se adquiere cuando has sobrevivido a los primeros bandazos de la amargura. Coleccionábamos calcomanías, vasos, botones, gorras, cualquier cosa con los rostros de nuestros personajes favoritos. Fuimos arrollados por la *norteamericanización;* disfrutábamos y padecíamos las primeras resacas del TLC, la mediatización del EZLN, los mitos del Chupacabras junto a las mentiras de Lomas Taurinas, los errores de diciembre y los primeros síntomas del suicidio priísta.

MTV dominaba las tendencias y el estilo. ¿Recuerdas esa tonada..., «Shakedown 1979, cool kids never have the time»? Smashing Pumpkins, Pearl Jam, Beck, Crash Test Dummies, Stone Temple Pilots. Entonces, ninguna chica quería ser como Britney Spears; ellas encarnaban a Alanis Morissette y ellos se pensaban Kurt Cobain; algunos oían Café Tacuba o Maldita Vecindad. Nosotros aún éramos niños, estábamos despertando a nuestras primeras fantasías sexuales y todavía nos emocionaban los últimos juguetes que tendríamos.

Recuerdo que nos colamos por un hueco a una casa abandonada, en obra negra. Un golpe a orines, vómito y desperdicio se concentraba en la planta baja. Trepamos por los tablones que dejaron los albañiles para subir el material al segundo piso. Anochecía. Íbamos Alfredo, el Chato y yo. De pronto, sentí que me precipitaría y quise cogerme de una de las columnas, resbalé y caí por el muro. Me golpeé fuerte, pero, sobre todo, unos alambres rompieron mi pantalón y me provocaron una herida profunda en la pierna. Los dos bajaron para ayudarme. El Chato era un llorón, poco le faltó para desmayarse; por eso Alfredo le gritó que fuera por su papá inmediatamente. Alfredo parecía desesperado. Buscaba algo para limpiarme, pero ahí solo había suciedad. Con sus manos, cuidadosamente, trozó el pantalón; el dolor aumentaba; Alfredo despejó la zona de la herida con la yema de sus dedos; estiró su camiseta para limpiarme; dijo: ni modo, y pasó su lengua sobre la abertura, escupió, lo hizo de nuevo mientras yo me aferraba con fuerza a su antebrazo, después volvió a limpiar la herida con su playera y, prácticamente, me sacó de la casa cargado, en medio de una oscuridad que se encajaba en nuestros hombros. Nadie había tenido conmigo una muestra de fraternidad como aquella; entonces pensé —fantasías alimentadas por Hollywood— que si comenzara la tercera guerra mundial, preferiría estar con Alfredo al lado.

ÉRASE UNA VEZ UNA JOVEN QUE CRECIÓ RODEADA DE AMOR. Fue tanto el amor, que la hizo frágil, demasiado frágil para resistirlo. Sus padres la deseaban con el anhelo de las sanguijuelas. Antes de nacer habían previsto y ordenado su vida contra cualquier fatalidad, pero jamás sospecharon que su deseo iba poco a poco succionándole la vida, haciéndola inmune al amor de los otros: vanidosa y siniestra.

Vivieron exclusivamente para ella: decoraron con esmero su recámara intentando prever sus gustos, adelantando sus caprichos. Y fue tanta su anticipación que al final se consumió demasiado pronto el tiempo de que dispusieron para tenerla.

Y la joven creció sintiendo una opresión en la garganta que le impedía respirar.

El azar quiso que tuviera un hermano para servirle de refugio. Pensó que al dividirse el desmedido cariño de sus padres, podría finalmente respi-

rar. Sin embargo, nada cambió porque al hermano se le asignó un lugar insignificante.

La joven terminó por acostumbrarse a su situación y asumió con firmeza el dominio que ejercía dentro de casa. Fue creciendo con la seguridad que le proporcionaba su obstinación, sin darse cuenta de que en cada antojo cumplido su fragilidad se henchía, pues los anélidos del amor filial se nutrían de sus caprichos.

Ella tenía muy presentes los mimos de su padre y le correspondía de una manera especial, pues le quería mucho.

Tal amor la confundía.

A veces reñía con el padre por el incumplimiento de una promesa. Siempre que peleaban, ella iba a refugiarse a la sombra del amor del hermano, ensalzando su estimación o practicando con él los juegos de la crueldad en que proyectaba su frustración y su coraje.

La madre estaba incapacitada para vencer las tensiones que producía el descontrol emocional de casa y optaba por el sacrificio antes de abandonarse a los celos que su hija pudiera producirle. Abejas al fin, conocían su destino.

Su poder aumentó conforme maduró su cuerpo. Y el padre, resistiéndose a su amor, pagaba por la culpabilidad de sus pensamientos renovando el guardarropa de su hija, otorgándole permisos inadmisibles, evitando cuestionar sus humores. Ella jugaba con la debilidad del padre, para conseguir cualquier beneficio: su amor era inocente pero terrible, y ambos lo sabían.

Unos días antes de que se despidieran para siempre, el padre entró en su cuarto para darle las buenas noches y para liquidar los restos de su culpa.

Y ambos lo sabían, porque a los dos les dolía quererse.

El padre se recostó junto a ella, la rodeó con su brazo, y la mano de su hija consoló la pesadumbre de aquel brazo que incidentalmente machucaba sus pechos. ¿Durmieron un instante abrazados a un mismo letargo, soñándose recostados sobre un prado de hierba?

No lo sé.

Recuerdo que algo pasó.

Después el padre acercó su rostro a la nuca y buscó esconder sus deseos entre los cabellos de su hija, que tanto le recordaban a la juventud de su esposa.

Tal vez el hermano miró sorprendido esta escena, pero no vio más ni pensó en nada oscuro, pues era habitual tanto cariño. El padre salió del cuarto de su hija y fue a apagar la luz de noche junto a la cama en la habitación contigua, donde el hermano fingía dormir.

SUPONGO QUE PUDE EVITARLO, QUE DEBÍ QUEDARME O forzarla a que se fuera conmigo. Por eso duele la culpa como un zarpazo en el vientre. Yo motivé que aceptáramos salir con ellos; poco a poco nos involucramos: los veíamos en los prados del fraccionamiento, en algunas fiestas a las que comenzábamos a ir; también los frecuentábamos en el Hoyo-K, que era una especie de madriguera donde solían fumar hierba mezclada con ketamina; luego nos llevaron al bosque, hicimos otros paseos hasta que ilusoriamente nos pensamos parte de la banda, nunca entendimos que las mujeres desempeñan un papel pasajero dentro del clan de los hombres.

Ellos solían ir a la escuela por la hermana mayor de Cristina, nuestra compañera de clase, que era novia de uno de los Tirado; iban a recogerla y ella se pavoneaba vanidosa y triunfante por salir con los grandes; a las dos nos excitaba su actitud irreverente y nos proyectábamos en ella; por eso comenzamos a frecuentar la casa de Cristina: aunque tuviéramos poco interés en estrechar nuestra amistad, íbamos para coincidir con ellos. No fue Cristina sino su hermana quien nos invitó a una de las fiestas en el Hoyo-K.

Quiero imaginar que ellos se lo pidieron. Una noche, la hermana salió a despedirnos y nos invitó sin preámbulos; como si estuviéramos acostumbradas a recibir ese tipo de invitaciones, aceptamos. Mientras caminábamos rumbo a nuestras casas no pudimos contenernos: nos miramos al borde del grito y gritamos desbordándonos, con los brazos elevados celebramos nuestro ingreso al mundo de los grandes, bailoteamos y nos abrazamos.

Fuimos groseras con Cristina porque preferimos a su hermana, que tenía dieciocho años; después, la chica se enojó con el novio, lo cambió por otro y dejó de frecuentarlos. Una vez la vimos en la tienda y fingió no conocernos; fue un golpe bajo pero, para entonces, nosotras éramos las dueñas del club.

El Hoyo-K era propiedad del tío de alguien, nunca supimos de quién. Se le llamaba así por la ketamina y porque suponían que era una especie de hoyo funky. La única estancia terminada simulaba una especie de bodega sin divisiones ni ventanas, debajo de la cual había un desnivel que se proyectó como estacionamiento y que era donde, supuestamente, alguna vez hubo fiestas prendidísimas con varios grupos. Lo cierto es que a nosotras nos tocó la decadencia. En la bodega había un colchón hediondo y un sillón raído, mesas de lámina y sillas plegables cubiertas de manchas de toda índole, unos cuantos cojines y un tapete eternamente húmedo, basura dispersa y acumulación de botellas vacías. Era preferible orinar afuera: el baño sarroso conservaba marcas de vómitos y podredumbre, tanto el lavabo como la taza yacían colmados de una sustancia verdinegra, espesa y en estado constante de germinación; el techo, la puerta y parte de los muros tenían pintadas obscenas de pésima calidad; también habían colgado señalamientos viales y pendones publicitarios.

Con el atardecer, empezábamos a tomar en la banqueta; a veces íbamos a casa de algún conocido, a los bares adonde podíamos entrar y remátabamos en el Hoyo; o viceversa, prendíamos la fiesta en el Hoyo y de ahí a donde nos llevara la vida. ¿Qué otra razón puede tener el verano?

Nosotras solo fumábamos cigarrillos, a pesar de las insistencias. Era asunto de cervezas, de vodka mezclado con jugos de tetra brik. Aun cuando no manejábamos demasiado efectivo, resultaba impensable para cualquiera de nosotros no tener qué beber.

La relación comenzó unos meses antes de su muerte; es increíble cómo en tan poco tiempo se suscitan los acontecimientos necesarios para dinamitar una existencia: ¿quién puede advertir la brevedad de la vida a los dieciséis años?

MI PADRE SE ASEMEJA A UNA FOTOGRAFÍA DESGASTADA. Prácticamente no recuerdo su rostro de antes. Mi memoria se cubrió de hojarasca y desperdicio. Capa sobre capa quedaron enterrados los recuerdos anteriores a la muerte de mi hermana.

Para ambos, su muerte fue como nacer de nuevo; fuimos expulsados, paridos por un dolor de entrañas. La imagen que tengo de mi padre corresponde a un recién nacido.

A mi madre le gustaba exhibirnos en retratos que colocaba por toda la casa: en el recibidor, en la sala, en el descanso de la escalera tenía fotografías acumuladas para presumir de la familia, incluso en los muros de la cocina y en la puerta del refrigerador había retratos.

Mes con mes fue retirando las imágenes como quien desea echar afuera su historia; los tres quisimos desprendernos del pasado y creímos que era suficiente con dejar de mirarla, esconderla en el desván donde se acumulan los trebejos inútiles.

Hubo una foto, estaba en el mueble junto a la televisión, puesto que ahí la había tomado mi mamá. En la fotografía mi hermana y yo, sorprendidos ante la aparición repentina de mi padre —quien solía surgir de su escondite detrás del sillón, con un sombrero de carnaval, a ofrecernos galletas—, lo miramos con asombro y cariño porque era nuestro padre. Durante muchos años realizó el mismo acto de escapismo y nosotros, aun a sabiendas de lo que haría, seguíamos sorprendiéndonos y esperando ansiosamente su ofrenda.

Todavía sigo creyendo que mi padre está oculto tras aquel sillón de mi infancia, solo que no me atrevo a buscarlo ni él puede ya brincar con entusiasmo y aparecer como el mago de las galletas en que se convertía por las tardes después de su trabajo.

Sé bien que ahí se encuentra, pero temo no reconocerle.

Me aterra imaginar que tengo siete años: estoy sentado en el tapete mirando hacia el lomo del sillón como se mira una montaña, esperando la llegada del mago de las galletas, pero no aparece; siento frío porque la casa está vacía, solamente perduran el tapete de los juegos y el sillón del mago; pasa el tiempo y me desespero, trepo al sillón o lo rodeo; miro un bulto humano con extraños ropajes, dispuesto a morir como los animales; el olor es intensamente pútrido; no se le distingue el rostro, está desgastado como una fotografía demasiado expuesta; siento miedo y comienzo a llorar. Ese bulto no puede ser mi padre.

Más que recordar, pienso. Entonces me doy cuenta de que en aquella fotografía tan solo quedan los muebles, el resto desapareció. La figura de mi hermana fue arrancada de la foto; mi padre y yo nos fuimos desvaneciendo; el reflejo de mi madre en el espejo, mientras tomaba la fotografía, es una mancha fuera de foco incapaz de representar a nadie.

Si alguna vez le has soplado a un diente de león, puedes comprender qué fácil es desintegrar algo hermoso.

Aquella mañana pude intuir el naufragio de mi padre, la expresión de sus ojos proyectaba el abismo donde quería refugiarse. Supe que no podría soportarlo, que tal vez ningún padre puede soportar la muerte violenta de un hijo; sinceramente admiro a tantos padres que se mantienen firmes, curándose una herida que saben imposible de curar. Mi padre no pudo hacerlo. Nunca le escuché quejarse ni decir nada sobre la muerte de su hija, pero su cuerpo se redujo lentamente. Le habían cercenado una extensión de su vida y miraba hacia su corazón como se mira una pierna amputada. Los periodos de ansiedad fueron cada vez más constantes —la única manera en que podía permanecer sentado era descendiendo por su abismo interior, entonces caía en un estado de abstracción enfermiza del cual era excesivamente difícil rescatarlo—.

Mi madre intentó contagiarle la fuerza que la mantuvo en pie; para ella, saber la verdad y conocer los hechos se había convertido en una peculiar manera de vengarse de sí misma. Mi madre tuvo que cargar con dos pesos muertos: la ausencia de su hija y la agonía de mi padre. Realmente luchó por arrear la carreta.

Los primeros meses prevaleció el silencio; después la furia de mi madre intentó agitar el estatismo de mi padre. Al año advertimos que, más allá de una depresión, él se encaminaba rumbo a un callejón sin salida. Llevaba la marca de una culpa que nunca pudo revelar. Tuvo altibajos que por momentos lo hacían volver para luego hundirse cada vez más en lo profundo.

Los lapsos entre su ansiosa vigilia y su abatimiento fueron reduciéndose hasta que lo venció la inercia, sobre todo después de comenzar con el tratamiento. Las dosis de triazolam no le ayudaron: hicieron menos notorio su nerviosismo, controlando y adiestrando sus movimientos, y contribuyeron a que cayera más despacio. Primero, el insomnio; después, un estado pujante de ansiedad, fatiga, arrobamiento; de nuevo el insomnio agudo y los tranquilizantes; luego, conductas violentas en el trabajo que provocaron su despido; sin trabajo y con los gastos de los abogados, la crisis entre mis padres se agudizó hasta que mi madre renunció definitivamente: se vendió la casa y se separaron a los tres años de la muerte de mi hermana. Soledad, abandono, pastillas, doctores, extravíos constantes en la calle durante varias horas; incapacidad para comunicarse, rigidez en la mirada y en el rostro, desorientación espacial, un aire suicida seduciéndolo; más pastillas, mayores silencios; luego, un día lo intentó, fracasó y fue internado; quien lo encontró fue la señora que mi madre había contratado como asistente. Su caída no fue instantánea, ni siquiera asunto de los meses posteriores a su separación: pasaron cerca de cuatro años hasta que se ovilló convirtiéndose en un bulto babeante que hoy no me reconocería.

NO ES EL ÚNICO NI EL ÚLTIMO HOMBRE QUE PIERDE UN hijo, pero sin duda debió de ser muy doloroso. No intento menospreciar el sufrimiento que padeció, lo que quiero decir es que conozco muchos casos similares, aunque el suyo fue especial porque no pidieron ayuda y porque dejaron pasar mucho tiempo. Desde el comienzo era notoria su enfermedad. Probablemente no les importaban sus vidas: ¿quién puede preocuparse por sí mismo después de vivir una experiencia como esa?

Una depresión fuerte despierta instintos terribles; pero eso del suicidio se hereda, debe de ser un rasgo familiar, algún antecedente. En el psiquiátrico terminan quienes probablemente estaban destinados para ello.

Los años que siguieron a la tragedia fueron muy duros, no solo para la familia sino para los vecinos; no sabíamos cómo acercarnos porque la señora estaba en un plan muy agresivo, fantaseaba con que a su hija la habían asesinado nuestros muchachos: ¡imagínese nada más el desatino! El señor no tenía voz ni voto en el asunto, quien emprendió las acusaciones fue ella; él permanecía mudo, ausente. Por eso le digo que su enfermedad ya la traía, solo que al morir la chica se le activó.

Pasaron unos años y las cosas empeoraron, de buenas a primeras dejó de trabajar. Dicen que tenía lapsos de agresión espontáneos en el trabajo; que una mañana, sin razón alguna, amenazó a su jefe reclamándole algo absurdo, como si fuera un extraño; cuando recobró el sentido empuñaba un lápiz como una daga.

Obviamente esto afectó a su economía porque la señora tuvo que trabajar mientras el señor estaba en tratamiento. Mejoró, luego empeoró; bien y mal. A veces, regaba las jardineras de la calle vistiendo una bata vieja que no cubría su impudicia; en fin, hacía cosas impropias y nadie cuidaba de que no las hiciera; alguien contó que una vez, preguntado por su situación, negó que su hija hubiera fallecido.

Vendieron la casa y, afortunadamente, se marcharon; lo digo sobre todo porque para entonces la relación con ellos estaba sumamente desgastada y generaban cierta desconfianza. La gente hablaba mucho y la mayoría de los vecinos se quejaba de los citatorios y de las insistentes llamadas de la señora y de sus abogados; no era por rechazarlos sino para proteger a los nuestros: ¿cómo confiar en aquellos que nos miraban como criminales?, ¿en quienes querían responsabilizarnos de sus propios yerros?, ¿acaso no era arriesgado que el señor estuviera solo y libre paseándose por nuestras banquetas?, ¿podría el muchacho vengarse, nada más porque sí, en nuestros bienes? Se fueron. Después me enteré de que se divorciaron; la señora se había enrollado con el abogado y no estaba dispuesta a sacrificar su vida por un enfermo; arregló todo para que su marido tuviera casa propia, con enfermera y sirvienta. Imagínese, abandonado. Hace tres años intentó matarse y finalmente lo internaron. El chico, seguramente anda mal, desconozco lo que haya pasado con su vida; lo cambiaron de escuela y volvieron a cambiarlo sin resultado alguno; vivió con su madre un tiempo hasta que comenzó a trabajar porque ya no pudo con los estudios. Debe de ser difícil suplir a un muerto: una vida no se construye a partir de pedazos rotos.

LAS CALLES DEL FRACCIONAMIENTO COMENZARON A colmarse, las casas se vaciaron en cuestión de minutos, la voz recorrió los alrededores: ¡apareció el cuerpo de una niña en uno de nuestros prados! Yo también salí, me acerqué lo más que pude pero ya era imposible ver nada. Pregunté quién había muerto; se decían varios nombres, incluyendo el suyo. Lo sabía, tenía la certeza de que se trataba de ella. Desde entonces siempre tengo frío, la hoja de una navaja se afila en mi piel al recordarlo.

La multitud devoraba la carroña de las habladurías. Quise acercarme. La policía había cercado la zona. Insegura, con la esperanza idiota de que no fuera mi amiga, corrí hacia su casa contra la corriente de los vecinos que seguían aproximándose para averiguar si los rumores eran ciertos. Pero en su casa nadie, solo el áspero silencio que prevalece cuando algo malo ha sucedido. Afuera, ruido de ambulancias, el morbo escurriéndose por los colmillos de los vecinos, gente de la ciudad, prensa, chirridos de llantas, olor a caucho. Confusión. De pronto alguien me tomó con fuerza por el brazo. Y pude percibir el pasado. Se disiparon las dudas: el cuerpo que habían encontrado era mi amiga. Vi su muerte en los ojos del mayor de los Tirado; vi lo que hicieron con ella, vi que llevaba su cuerpo tatuado en la retina. Tú sabes que nosotros jamás haríamos algo parecido, no fuimos nosotros, ella quiso seguir la fiesta por su cuenta, tú sabes lo impertinente que se puso anoche, nadie quiere tener problemas.

Sus gruesos dedos apretaban mi brazo lastimándome y su aliento fermentado ensuciaba el escaso aire que separaba nuestros rostros. Mientras no sepamos quién fue y qué pasó, ninguno de los que estuvimos anoche hablará, porque fuimos los últimos que estuvimos con ella, tú también, ¿entiendes lo que te estoy diciendo? Prácticamente podía sentir la espesa viscosidad de su lengua lamiendo mis oídos. Nosotros nada hicimos, tú tampoco; más nos vale permanecer calladitos, ¿qué pretendes?, ¿que te involucren?

Pasó su mano derecha por mi nuca con la frialdad de la muerte, su pulgar presionó el lóbulo de mi oreja izquierda jalándome a propósito el arete, después me pellizcó con fuerza en el cuello. Calladita, no cometas errores, ¿en verdad comprendes lo que te digo? El ancho de su mano cubría con facilidad mi garganta. Sería como degollar un pichón: ¿a quién puede importar una paloma?

Me soltó y desapareció entre el gentío. No fue la única vez que me amenazaron. Recibí llamadas. Vinieron a buscarme guarros y cerdos para preguntarme si todo estaba en orden. Obviamente sus palabras contenían otro mensaje: mantente callada. Los Tirado desaparecieron, de un día para otro se esfumaron; lo planearon las familias, creyeron en sus hijos, hicieron un plan, se agruparon uniendo fuerza y relaciones. Yo debía declarar por haber sido su amiga y porque se suponía que había estado en mi casa aquella noche. Me llevaron los mismos señores que habían ido a buscarme días antes; ellos conocían a los policías, a los funcionarios, a las secretarias. Se movían como rémoras entre los oficinistas. Dicen que por seguridad estuvieron conmigo durante la declaración que hice ante el ministerio.

La presión me obligó a mentir. Te portaste muy bien, chiquita, es lo mejor para todos, me dijo en el coche, estrujándome el muslo con su dedos regordetes y prietos. Estaremos cerca para cuidarte.

Y lo cumplieron hasta que bajaron las aguas, pasó el tiempo y el olvido extendió su espesa neblina dentro de las cabezas de los vecinos. Dos años de vigilancia.

Volví a la escuela para cursar el último ciclo. Resistí solo dos meses. La directora habló conmigo en tono lastimero pero sugestivo; comprendía mi situación frente a las demás chicas pero consideraba que la escuela no estaba a la altura para brindarme ayuda y que debían protegerme, y cuidar a la mayoría; me dio a entender que algunos padres de familia estaban preocupados por lo que había sucedido y que difícilmente podría seguir formando parte de la institución; no me echaron de la escuela, me invitaron a dejarla y decidí hacerlo.

Hasta cierto punto tenían razón, a partir de aquel verano todo perdió importancia, fui expulsada del club de las chicas que vomitan sus intestinos para mantenerse esqueléticas, que hablan de ropa y de niños idiotas que se masturban con catálogos de Nintendo; que imaginan a un muchacho mayor abriéndoles la puerta del coche de papá para llevarlas a cenar sushi, ¡vaya velada!, ambos coinciden en que su educación sentimental ha sido formada al puro estilo *Dawson's Creek* y piensan que, tal vez, el otro es la persona más interesante y sensible que jamás hayan conocido, mientras la parejita le mira el trasero a la compañera que se acercó a saludarlos, la critican (ambos por deseo y por envidia), cogen los palillos con liga para verse bien y hacen bromas sociales que repiten los prejuicios que aprendieron en familia.

No pertenecía más a ese mundo, mi educación sentimental había sido cercenada con un serrucho. Fueron los meses más cruentos de mi aislamiento, ni siquiera me atreví a platicarlo con mi mamá; ella procuró acercarse a mí por compasión y suponía que estaba pasando por una crisis tras la muerte de mi amiga. Pero no fue solo eso: viví con el cañón de una pistola tras la nuca, acechada por los cerdos, temiendo que una noche entraran en mi casa a violarme y a quebrarme el cuello.

CUANDO LO DEJÉ FUI POR AYUDA. RESBALÉ POR LA pendiente del prado, cogí mi bicicleta y pedaleé tanto como mis piernas me lo permitían. Fui a mi casa para decirles a mis padres que habíamos encontrado el cuerpo de la hermana de Alfredo. Llegué, tiré al piso la bicicleta. Mi padre hablaba con el encargado de la mudanza; cuando se percató de mi expresión corrió a encontrarse conmigo. Qué pasa, qué pasa, me agitaba por los brazos, pero yo permanecí en silencio. Lo miré como nunca lo había mirado: la muerte brotaba por mis ojos. Comencé a llorar. ¿Dónde está Alfredo?, me dijo, suponiendo que habíamos tenido un accidente; pero yo no podía hablar. Caminamos por la calle, sin decir palabra. En la esquina me abrazó y empezó a llorar como llora un padre ante la impotencia de querer sacar a su hijo del dolor. Su hermana, encontramos a su hermana, está muerta.

Mi padre asintió con la cabeza, sabía que no se trataba de ninguna broma, que realmente habíamos encontrado aquel cuerpo sin vida; recuperó el aliento, cogió mi mano y fuimos caminando a la casa de Alfredo para avisar a sus padres.

Dicen que una chispa contiene todo un infierno; este se propagó de inmediato. Increíble: su cuerpo pasó inadvertido durante la noche, en el amanecer y en el transcurso de las primeras horas de la mañana, esperando a que nosotros lo descubriéramos. Después, el incendio llamó a la puerta de todos los vecinos, se estrelló contra todas las ventanas y sus dueños respondieron al llamado, cada uno con su propia antorcha, dispuestos a alimentar el fuego.

No logramos anunciarles lo que había pasado, la puerta estaba abierta pero nadie respondió. Nos dirigimos hasta el prado. Vimos cómo crecían las hordas de curiosos y escuchamos las primeras sirenas esparciendo su escalofriante timbre por los aires.

Una jauría de vecinos morbosos se apiñaba en las calles.

Mi padre y yo nos abrimos paso como pudimos, pero demasiado tarde; a un extremo miré a la madre de Alfredo lanzando consignas y maldiciones a los policías; su padre estaba sentado sobre la hierba, absorto; quise subir pero el paso estaba bloqueado; nuestras miradas se reconocieron en medio del gentío, yo estiré mi mano queriendo tocar la suya en el instante en que alguien se lo llevaba. No estoy seguro, pero creo que le oí decir mi nombre.

AUNQUE TODOS SOMOS CULPABLES, LA MATARON LOS
Tirado; pero cada uno de los que estuvimos aquella noche somos asesinos, así como las familias que
protegieron a los Tirado y los abogados que com-
praron a los jueces y los ministros que ocultaron las
pruebas y la policía que desorientadamente inves-
tigó en los lugares equivocados y los burócratas
que retuvieron las actas y el juez que firmó y el
hombre que extravió el archivo y la sociedad hipó-
crita y el gobierno idiota. Todos asesinamos a esa
chica, todos somos culpables.

En aquella época nuestras maldades no exce-
dían robar botellas y cigarros, y había quien también
robaba algunas otras cosas; pero era por diversión,
jamás por necesidad. Entrábamos a un súper tro-
pezándonos con los paquetes para derribarlos y
lanzábamos zepelines de cocacola contra las latas
de frijoles. Era un asunto de imitación, lo que veía-

mos en MTV lo repetíamos a nuestra manera. Sin embargo, después de esa noche, con las investigaciones encima y los silencios cómplices de las familias, algo se nos pudrió adentro. Asestamos contra nuestra inocencia, que es uno de los peores crímenes que se puede cometer contra uno mismo. No soy sentimental, por ridículo que parezca es cierto: nadie sabe que la inocencia regula tus acciones hasta que la has desperdiciado, luego todo es más fácil pero más sucio. A quién le importa, cuando vivimos en un país en el que iniciarse en el crimen desde joven es una forma de adquirir los anticuerpos que necesitarás para subsistir a la corrupción en el mundo de los adultos.

Quien atraviesa el umbral no regresa ileso. Después hay que ocultar en el desagüe eso que llamamos conciencia; decidirse entre la locura o la malicia es una cuestión de instintos. Morderte el cerebro con los dientes de la culpa significa aplazar el camino a la locura; ahí está Camilo, es el único que no soportó el peso de aquella noche y se desbarrancó inyectándose y metiéndose toda clase de porquerías.

Solo eligiendo la malicia puedes volver a sentarte a desayunar tranquilamente con tus hijos después de haber cometido un acto despreciable. Es una decisión. Puedes acertar o equivocarte, pero si tu voluntad quiere resistir no tienes otra opción. Lo que pasó entonces fue cosa de muchachos, un error. Por algo se empieza; después resulta más fácil, la impunidad es engañosa porque te acostumbras a ella.

Lo que jode todo es la banalidad, incluso la muerte carece de importancia. La prensa se mofa diariamente de la muerte, basta con leer los encabezados: «¡Uff, se salvó!», «Suicida: esta vez lo logró», «Se fueron de fiesta, pero no regresaron». La muerte ha sido enajenada por los medios de comunicación; también la vida. Vivimos tan superficialmente que matar o morir tiene poca trascendencia.

Si te digo que todo fue por diversión, es cierto; pero también es verdad que no lo planeamos, que se nos fue de las manos. En algún momento perdimos el control y en un segundo todo estaba hecho.

Teníamos fama de golpeadores porque una vez le entramos a una campal para defender al novio de nunca supimos quién; total, a nosotros nos daba lo mismo: era un asunto de adrenalina. En los bares y en la disco buscábamos el menor pretexto para lanzar manotazos, romper vasos y arrojar bancos.

Vivimos una época en que para ser hombre hay que demostrarlo. Somos consecuentes con nuestras circunstancias, tuvimos que aprender a sobrevivir.

Crecimos en una sociedad al borde. La gente siempre está a punto de cometer un crimen; de alguna manera lo comete, solo que para no matarse indiscriminadamente prefiere gritar en casa, romper objetos, insultar al intendente. Somos esclavos con derecho a descargar nuestra furia contra los más débiles, o por lo menos contra los que están por debajo de nuestra ilusoria jerarquía.

También hubo suerte porque tuvimos la protección necesaria. La familia Tirado tenía peso en el gobierno; mal que bien, los otros éramos hijos de familia o teníamos algún conecte fuerte en los juzgados, en la procuraduría o en la sociedad: una tabla de salvación que terminó por convertirse en nuestra muralla.

Yo estuve lejos unos tres años, mis padres prefirieron enviarme a estudiar fuera para evitar que me involucraran: disipar las dudas y borrar las sombras de lo que hicimos; finalmente, la ciudad olvida.

Durante esos años perdí comunicación con los demás, después supe que la mayoría también se había marchado. Por lo que sé, todos siguieron sus vidas. Galindo embarazó a la hija de los Iriarte, se casó con ella, pero continuó con sus desmanes hasta que embarazó a su secretaria. Bien o mal, todos hemos conseguido la típica estabilidad burguesa: formar una familia, adquirir una casa, dos o tres coches, vapor los domingos, una que otra escapada al table dance; televisión de plasma, películas para entretener a los niños, Xbox, fútbol, free porno on line y clientes, clientes, clientes para comerciar cualquier cosa, para hacer negocio. Según sé, uno de los Tirado quiere hacer carrera política, va para diputado; probablemente hasta me llame para trabajar a su lado, me debe algunos favorcillos.

Yo me distancié de mis padres porque ya no tenían nada que ofrecerme. Me casé, tengo dos hijos y estoy por divorciarme.

desde las primeras menstruaciones, puesto que con la regla logras alejar un poco a los padres y a los hermanos: exiges privacidad, respeto, tolerancia; te conviertes en una especie de objeto sagrado; tu espacio también es inviolable; tu tiempo, distinto al de los demás por la irregularidad de los periodos. Entonces, el objeto sagrado es consciente de su condición pero está adaptándose, reconociéndose, y para ello se precisa intimidad. Aquí es donde entra en juego la complicidad con las amigas, porque únicamente ellas pueden saber lo que está pasando en tu cuerpo, afuera y adentro. Por ejemplo, a los hombres solo les crecen los pantalones, en rigor siguen vistiéndose igual, o les da lo mismo; en cambio, nosotras pasamos por un proceso de mutación increíble: para empezar dejamos el corpiño y empezamos a usar brassiere; nuestros calzones se reducen a la ingle; luego, la ropa es más ajustada, puedes mostrar los hombros y prometer lo que vendrá. De alguna manera eso eres, una promesa. Observas en tu amiga aquello de lo que careces o lo que te excede; la admiración se da la mano con la envidia, por eso hay más contacto, abundan los referentes, las risas, los plagios de imagen, los enojos y las reconciliaciones. Por eso mamá no puede ser tu amiga, es un asunto que precisa lealtad y traición a un mismo tiempo: toda la lealtad y la traición necesarias para hacerte crecer. No es siquiera un asunto de entendimiento: mamá ya pasó por esto, tiene la autoridad de aconsejarte, pero ¿quién quiere recibir los consejos de su madre en esos años? Crecer implica una guerra contigo misma y contra las demás, la amistad también es asunto de batallas. Esa noche estaba harta, en verdad; su actitud era intolerable; jugaba un papel de competencia que terminó por fastidiarme. Parecía querer cogerse a todos. Perdón, sé que nunca lo hubiera hecho y que su muerte no fue responsabilidad suya. Pero por eso la dejé: los juegos que propusieron me resultaban desagradables porque estaba asqueada de lo que me había pasado en el coche con Camilo.

Los hombres estaban insistentes, presionaban a que los siguientes castigos fueran por prendas. Se acercaban demasiado y nos estrujaban las nalgas con fuerza. El tiempo transcurría. La música golpeaba los muros y hacía retumbar los pocos vidrios que quedaban. Se hacía tarde y teníamos que volver a mi casa por si hablaban sus papás, ya que, para variar, habíamos mentido y dijimos que estaríamos en mi casa. Mi mamá se había ido con su novio y alguien tendría que responder al teléfono si sus padres llamaban, de lo contrario podría producirse una hecatombe. Yo estaba muy nerviosa, aspiraba entre la densidad del humo el olor animal de los machos; la cogí con fuerza por el brazo y le dije que nos fuéramos; ella se burló de mí, me tildó de apretada y cometió la terrible indiscreción de decir algo sobre lo que pasó con Camilo; entonces, la miré con furia, solté su brazo y decidí dejarla a merced de los lobos.

A MEDIODÍA COMPRAMOS UN CARTÓN DE CERVEZA Y LO bebimos en el Hoyo-K. Galindo había sacado la televisión y el Nintendo 64 de su casa, y como a mí me fastidiaban esos juegos me dediqué a molestarlos; ellos estuvieron tumbados durante horas jugando; me mandaron por otro cartón en el coche de Camilo; fui a dar la vuelta para probar su auto; cuando volví me mentaron la madre; bebimos, nos dimos un pase; alguien sugirió que pidiéramos unas pizzas (negociamos con el repartidor y nos salieron baratísimas); Camilo y yo preparamos otro jalón de Special K y salimos a la ciudad en busca de peligro; las bocinas a punto de reventar distorsionaban aún más los rasgueos metálicos; en mis oídos comenzó a zumbar la euforia; un shot de grunge por el horizonte de mis nervios; la cabeza en fuga; quería largarme, irme lejos; que la música me llevara a otros parajes, soltar amarras; viajar a la velocidad del sonido; sentir el horror acumulado de ser nada; fragmentarme; sí, disiparme con el bigbang de neón de las avenidas; mandarme al carajo, sentir únicamente las vibraciones dentro del auto y en el hueco de mi cabeza; lanzar por la ventana los envases de cerveza; decidir mandar todo a la mierda.

Retornamos al Hoyo para prepararnos otro pase, fumar algo, tragar las orillas rancias de la pizza, hacer cualquier cosa para vencer el tedio; yo me quedé dormido un rato, anestesiado como una rata de laboratorio; cuando desperté ya habían llegado las chicas; comenzó el trépale a la música, prepárate una cuba, qué tal si jugamos; se dieron las típicas insinuaciones y los amistosos arrimones; hacía calor carnicero; en menos de cuarenta minutos las dos se habían colocado una buena borrachera, al menos con los niveles necesarios para desinhibirse.

Eran lindas, pero bastante menores y yo estaba seguro de que tarde o temprano tendríamos problemas con sus familias; sin embargo, acostumbrado a pasarla entre hombres, esa noche me daba igual hasta dónde quisieran llegar las ninfetas; que vomiten lo que les venga en gana y si quieren seguir bebiendo, que beban; a la mierda con todo; las dos bailaron juntas unas rolas de Nirvana, acercándose demasiado, rozando sus dorsos, cantando casi en los labios de la otra: estaban en llamas. Su risa encendía el calor del cuarto; comenzó el juego de baraja con castigos: beber de golpe, imitar a alguien, hacer cualquier asquerosidad, obligarlas a besarse entre ellas. Galindo se forjó un toque y lo ofreció, pero las chicas no fumaban; las rondas comenzaron a acelerar el ritmo; Nirvana también; la humedad empezó a ser un factor en la atmósfera, el vuelo estaba en su clímax, nadie quería aterrizar. Lucrecia empezó a presionar que se fueran, nosotros ya estábamos encendidos y solo un exceso podría apagarnos; la amiga quería seguir; retumbaban los vidrios y las retinas de mis ojos; Lucrecia discutió con ella; el sonido era pésimo, el disco se repetía, a esa altura había que gritarse; alguien rompió por accidente una cerveza, el estallido crispó nuestros nervios; se hizo áspera la voz de Kurt Cobain, que provenía desde el umbral del otro mundo; Galindo se cayó al suelo provocando risas hilarantes, nos estábamos transformando en bestias. Camilo se acercó para tranquilizarlas; lo intentó con bromas pero Lucrecia le dijo que no se metiera; la otra chica se reía como idiota, parecía que había fumado pero igual eran los niveles del vodka; algo le dijo a Lucrecia que provocó su ira; yo vi el enojo en su mirada y era hermosa (a mí me gustaba Lucrecia, podía imaginarla cogiendo conmigo, incluso en el apestoso sofá del Hoyo); se fue, no sé si rumbo a la luna o adónde, pero dejó a su amiga con la misión de apagar a los demonios.

Comenzó de nuevo el juego con un poco de tensión en el aire; vamos a seguir o qué; a la segunda vuelta, le tocó a ella el castigo, alguien dijo que soltara prenda, los demás reímos y comenzamos a golpear la mesa para animarla; el mayor de los Tirado le preguntó si no le daba miedo quedarse entre tantos hombres, ella lo tomó a broma y continuó jugando; un momento, la detuvo, todavía no pagas; ella le dijo que era un imbécil, arrojó la baraja a la mesa y se levantó dispuesta a marcharse; el otro Tirado la detuvo del brazo; ¿adónde vas?, primero el castigo; las piernas comenzaron a temblarme, yo sabía de lo que éramos capaces; sentí un hueco que se abría en la boca de mi estómago, devorándome desde adentro: ¿era parte de la broma o el juego había terminado?; deja que se vaya; ni madres, primero que pague, por lo menos que me dé un beso, si me besa la dejo ir; entonces supuse que no había problema y dejaron de temblarme las piernas; si me das un beso te dejamos ir; estás pendejo, y forcejeó de nuevo con el hermano; entre los dos la sujetaron y la forzaron a que los besara, la tenían cogida del cuello y de la quijada, aprovechando su fuerza para meterle mano; yo sentí el bajón precipitado de la ketamina y la fragmentación de mi sangre congelada; después la soltaron, arrojándola al suelo; ahora vete, ya pagaste tu castigo; las hienas comenzamos a reír desencajadamente; yo me levanté para cambiar el disco cuando de pronto alcancé a mirar que ella se levantaba y les escupía a los hermanos en la cara...

los defendimos. ¿Quiénes, sino las familias, podrían resguardar los valores, las creencias, las convicciones? Imagínese que no defendiéramos a los nuestros, que desconfiáramos de ellos; sería como dudar de nosotros mismos, renunciar por completo al orden que gobierna las cosas: ¿puede alguien sospechar de sus propias intenciones y mirar como si nada a los suyos? Por eso le digo que no, nuestros muchachos jamás cometieron crimen alguno. Se divierten, eso es todo. La gente de afuera es la que quiere inculparnos para darse el gusto de saborear su resentimiento y escupírnoslo. A esa muchacha la vinieron a tirar aquí como advertencia, como una manera estúpida de atemorizarnos. Lo malo fue que la familia de la joven quiso rastrillar fuera de lugar, acusando a nuestros muchachos; es comprensible, pero debieron aceptar nuestra ayuda para buscar a los verdaderos responsables; en cambio, prefirieron convertirse en nuestros enemigos. Hay mucha gente maligna y ociosa que está colmada de rencor contra las familias decentes. Por descabellado que parezca, necesitamos estar preparados para lo peor, debemos defendernos antes de que vengan a tomar por la fuerza nuestras propiedades. La gente ya no se conforma con invadir los cerros y los terrenos abandonados, ahora quieren ocupar nuestro lugar, esa es su lucha, y los políticos solamente los alientan —aun cuando previamente los han traicionado—. No habría problemas entre ricos y pobres si cada quien aceptara su realidad; ni siquiera son los pobres, más bien se trata de los resentidos y acomplejados que aspiran a ser como nosotros.

Pero le digo una cosa, estas pretensiones únicamente confunden a la sociedad y provocan un estado de incertidumbre que descompone los principios morales. Nuestros muchachos son inocentes, no pueden ser malos; como todos los humanos han cometido errores, pero créame que su educación los salva.

DICEN QUE LA INFANCIA TERMINA EN UN PARPADEO, QUE cruzamos a tientas las galerías sombrías de la edad adulta queriendo regresar a ese tiempo, que vamos de un extremo a otro en el alambre: extraviados, confundidos, intentando volver a aquellos años para comprender lo que nos hizo crecer o lo que nos destruyó. Me considero afortunado porque el sitio de mi infancia es un lugar seguro; aun cuando la muerte rozó mis ojos desde muy temprano, mi recuerdo habita un espacio apacible y candoroso. Algunos sobrevivimos a los horrores de la infancia, otros no. El recuerdo de Alfredo ha sido uno de mis estandartes. Supongo que su caso es distinto: hay quienes vemos con ternura y resignación esos años, no siempre es el lugar luminoso que pretendemos recordar; algunos seguramente no quisieran volver, ni siquiera por nostalgia; otros no pueden despertar de la pesadilla, aunque quisieran hacerlo, y reconocerse al fin adultos.

Una tarde antes de que encontráramos a su hermana, estuvimos sentados en el alero de su casa; hubiera querido decirle tantas cosas, pero en aquel tiempo desconocía las palabras que ahora pienso: ¿cómo iba a despedirme, qué lenguaje hubiera sido el indicado para semejante adiós? Mi padre contrató la mudanza para el día siguiente, era el último sábado antes del principio de las clases; todas nuestras cosas estaban empacadas, listas para partir. Era el último sábado que tendríamos. No habría otro verano.

Fuimos en bicicleta más allá de las vías, el sol parecía despertar entre las matas amarillas del arado como una inmensa mazorca. Aquellos eran los campos de nuestra niñez. Empujamos fuerte, le metimos velocidad a los pedales, nuestras piernas nos impulsaban a seguir lejos, dispuestos a perdernos en el horizonte. La mañana se nos ofrecía por completo; puedo verlo con su camiseta a rayas rojas y blancas, chamarra en la cintura y gorra virada por completo hacia atrás —cuando Alfredo alcanzaba a sentirse libre, su risa estallaba en fuegos de artificio—; puedo verlo rebasándome y unos metros adelante voltear y sonreír triunfante. ¡Qué sencilla es la felicidad! Pero qué breve, también.

Yo fui quien la vio primero. Jamás pensé que se tratara de su hermana, uno no piensa en esas cosas cuando sorpresivamente descubre un cuerpo dejado en la tierra, pero era ella... Hay imágenes a las que no quiero volver porque, apenas percibo la cercanía de la muerte, sufro una profunda angustia. Yo quise buscar ayuda, pero me retrasé.

Estiré mi brazo para alcanzarlo cuando se lo llevaron. Mi padre me sostuvo, me levantó y me llevó cargando de vuelta a la casa. Mi madre hizo cuanto pudo para consolarme; a pesar de que los hombres de la mudanza habían comenzado su trabajo permaneció conmigo en mi cuarto mientras lloraba. Insistimos varias veces al teléfono, sin recibir respuesta.

Los cargadores concluyeron su trabajo, esperaron un poco y se marcharon; al día siguiente dejarían los muebles en la casa nueva. Mi padre volvió al prado, se habían llevado el cuerpo, pero un policía no supo decirle adónde; se dirigió al ministerio, al seguro, a la funeraria; volvió a la casa de Alfredo, interrogó a los vecinos, pero la información era escasa. Subió a mi cuarto, dijo que no sabía qué decir ni qué hacer.

A la mañana siguiente nos despertó el camión de la mudanza; necesitábamos ordenar la casa nueva; con dificultad pude levantarme pero tuve la sensación de que todo había sido un sueño. Un sueño tan distante como la lejanía que ahora separaba a nuestras ciudades. No estoy seguro si procuramos llamar a su casa, supongo que mi madre o yo lo hicimos sin haberlo conseguido. Ese lunes entré a la secundaria. De aquellos días no tengo recuerdos.

Las semanas fueron sumándose y nuestros intentos por hablar con la familia de Alfredo siguieron frustrándose. Finalmente desistí, era cuestión de supervivencia. Le dije a mi mamá que dejáramos de intentarlo, de cualquier manera nada lograríamos estando tan lejos. Creo que entendió el mensaje, me apoyó por completo y jamás volvimos a tocar el tema.

¿Alguna vez leíste *Las batallas en el desierto*? Pues bien, al final de la novela, Carlitos dice que «de ese horror quién puede tener nostalgia»; sin embargo, hay algo ahí dentro que unas veces florece y otras lastima: ¿se puede sentir nostalgia de aquello que tanto nos duele?

Nunca volví a ver a Alfredo.

Supongo que da vueltas en círculo sobre su pasado, yendo a ninguna parte como un hámster en su rueda. Me duele, mas no puedo volver atrás.

Ya no imagino el maizal por donde andábamos en bicicleta. Aunque quisiera que la vida hubiera sido más fácil para él, para mí o para los dos, es imposible cambiarla. Lo quise mucho en su esplendor y vi las puertas de su infortunio, pero tuve que salvarme a mí mismo.

Recuerdo mucho una canción de aquellos años, decía: «Don't let the days go by»; sin embargo, aquella mañana fuimos despojados de una parte importante de nuestro tiempo. «Don't let the days go by», pero los días pasan y es necesario dejarlos pasar. Sin embargo, algunas noches viajo en el tiempo y despierto a mitad del sueño un poco atemorizado.

Fue difícil adaptarme a la secundaria, pero las cosas son así: una mañana eres consciente de que algo en ti se ha recuperado. Pasaron dos años, mi padre compró la casa y conocí por primera vez la estabilidad. No hemos vuelto a cambiarnos. En la secundaria hice algunas amistades que todavía frecuento y que deseo mantener, aunque ninguna podría suplir el recuerdo de Alfredo. La amistad es un dique, nadie sabe en qué momento hay que aferrarse a la vida.

En la preparatoria conocí a Lorena, nos hicimos novios y hemos compartido muchas experiencias.

Estamos por terminar la universidad: ella estudia historia; yo seré arquitecto. Me gustaría formar una familia con ella; los dos queremos continuar nuestros estudios en el extranjero, pero yo me resisto un poco a los cambios.

Resulta extraño, incluso duro, reconocer que el destino ha sido benévolo conmigo.

A VECES PIENSO QUE NUNCA SUCEDIÓ, QUE JAMÁS TUVE una hermana; que mi padre, en lugar de balancearse sin objetivo, es un eminente doctor. Imagino. Fantaseo al extremo de la verosimilitud. Me transformo en otra persona. Cambio mi apellido y mi condición. Arrojo al drenaje la memoria de aquel verano. Me adentro en las posibilidades de la ficción. Rozo la aberración de pensarme el único vástago del doctor Van Rose, mi padre, quien actualmente dirige el hospital psiquiátrico, candidato a secretario de Salud, con quien apenas convivo por su sobrecarga de trabajo. Me figuro que hace algunos años falleció mi madre, dejándonos a los dos en soledad; desde entonces, desempeño el papel de la mujer de la casa: administro el hogar con esmero; aunque sé que tales deberes me corresponden, me cansa un poco vivir solo para sus caprichos; luego me arrepiento y siento la culpabilidad que cualquier hija siente cuando defrauda a su padre.

Soy la única hija del doctor Van Rose; no puedo, por lo tanto, equivocarme. Sin embargo, me siento feliz; no importa que sacrifique mi juventud, los otros siempre serán más importantes: sus pacientes, sus ayudantes, su secretaria (a quien odio debidamente), y las familias que lo impulsan con su admiración. Hasta el final de la lista no me encuentro yo; pero sé bien que mi entrega engrandece su nombre.

Mi padre construyó esta casa para que tuviéramos una vida segura. Yo paso los días entre la cocina, la biblioteca y mi cuarto; tenemos una terraza donde me arrullo en las tardes reposando en una mecedora; no procuro tener amistades de ningún tipo, mi padre es mi único amigo y es un amigo celoso.

Para la gente de afuera soy un erizo, una morena oculta en el acantilado; para los conocidos de la casa soy un fenómeno con quien resulta difícil comunicarse, solo la señorita Lucrecia me comprende (aunque es, incluso, mayor que mi padre). Para él soy suave, tibia y acogedora; yo cargo sus fatigas, ilumino sus desesperaciones.

A veces el doctor Van Rose necesita compañía, después de su trabajo viene a mi recámara y me pide recostarse un momento a mi lado, se aferra a mi cuerpo para vencer la angustia y yo lo recibo por amor.

No hay movimiento ni pensamiento mío que no esté inspirado y dirigido hacia mi padre.

Camino por la casa reconociendo sus rincones, palpo las vetas de los muebles para comprobar si están limpios, reviso la cristalería, enderezo los cuadros, ordeno la cena, dejo listo su lugar en la mesa para cuando vuelva del hospital, coloco en su biblioteca la correspondencia y la botella de brandy, corro las cortinas, subo por la escalera cogiéndome del pasamanos, miro la televisión un rato, entro en mi recámara, me siento frente al tocador para desenredar mi cabello...

De pronto caigo en la cuenta de que no estoy en la recámara de la hija del doctor Van Rose; que no existe el doctor Van Rose, y mucho menos su hija. Descubro mis ojos en el espejo, un olor a sudor adolescente golpea mi nariz y me percato de que se trata del cuarto de mi hermana. Hay ropa desperdigada sobre la cama. Siento un violento trepidar en el corazón. Hace unas horas estuve con Miguel sobre el techo de la casa y al descender, espiamos a mi hermana y a su amiga: estaban en calzones y bailaban; ahora estoy aquí, la cabecera de latón brilla intensamente, la lámpara de noche está encendida, las cortinas entreabiertas; la atmósfera es densa y picante, siento un deseo que me punza en las ijadas, me aprieto con fruición los genitales.

Junto al closet hay un collage con recortes de revistas de sus grupos favoritos, en un corcho tiene pegadas las fotografías de sus amigas, hay un póster de Kurt Cobain que destaca el año de su muerte, 1994, bajo el cartel hay una fotocopia de la supuesta carta que dejó escrita antes de apretar el gatillo. Muñecos de peluche arrinconados junto a la ventana: Rainbow Brite, Garfield, Ziggy, Cabbage Patch Kids... Los cajones rebosan de bisutería, maquillaje y accesorios para el cabello. Huele a perfume, a talco, a polen. Tiemblo, estoy excitado pero me siento culpable. Cojo una de sus blusas y la froto contra mi rostro. Cierro los ojos, escucho sus risas, percibo su alboroto, casi puedo tocar sus movimientos: Lucrecia y mi hermana brincan sobre la cama, bailan, se persiguen. Un silencio corta de tajo mis recuerdos. En medio de la oscuridad aparece la imagen de su cuerpo resplandeciente, rodeado por los girasoles, viste la túnica de una santa, lleva en una mano la palma del martirio y en la otra empuña la soga de su muerte.

Abro los ojos. Estoy parado en el umbral del closet, recorro con mi mano su ropa. El niño que fui está sentado en el tocador delineándose los ojos, lleva puesto un sujetador y la blusa favorita de su hermana; está en calzoncillos, absorto ante el espejo, buscándola en el fondo infinito del azogue —no se da cuenta de que el hombre en que se convirtió lo está mirando con una compasión terrible—. Alguien llama a la puerta, no responde; la madre fuerza la cerradura y logra abrir el cuarto; no dice nada. Llora. Ella también ha estado buscando desesperadamente a su hija: ¿podría ser ella?, ¿la ha encontrado? El niño vira la cabeza, sale un momento de sí mismo y se golpea con la mirada encajada de su madre, que ha envejecido. Las miradas se encuentran y al mirarse descienden hasta la raíz del dolor que comparten; de pronto, esta comunión instantánea se rompe, la compasión se transforma en un único grito. Por un instante me cubro con las manos el rostro queriendo borrar la huella de aquel momento. Sé que nunca podré dejar atrás ese tiempo. Ahora soy yo quien se sienta en el tocador. Le pido perdón al espejo. Restriego mis ojos y me doy cuenta de que no sé quién soy, que aniquilé mis facciones, que extravié mi rostro entre tantos recuerdos encubridores.

Cuando regreso de mi fantasía me pesa sobremanera el cansancio. Suelo padecer periodos prolongados de insomnio, aunque, a veces, permanezco dormido durante todo el día. Despierto hacia el atardecer, fatigado de sobrevivir entre fantasmas. Hace tiempo que vivo en esta habitación, la rento a una familia que tiene algunas vecindades por aquí; la gente del barrio no se mete conmigo; soy un hombre solo, enjuto y avejentado a pesar de que apenas tengo veintiún años; si puedo ayudar a quien necesite algo, procuro hacerlo; la señora del pollo se preocupa por mi salud, suele regalarme algunas piezas para que me haga un caldo; dice que necesito una mujer, y es probable, no sé si se refiere a ella o si me está ofreciendo a su hija, igual no importa.

Mi habitación es una estancia pequeña con baño particular, no necesito más espacio. Tengo un colchón, una mesa, un librero, una caja de plástico donde guardo la ropa, un refrigerador pequeño que hace mucho ruido en la noche, algunos trastes, una hornilla eléctrica.

He trabajado como vendedor, dependiente, mensajero, ayudante de lo que sea. El invierno es duro aquí arriba, la humedad ha penetrado mis pulmones, constantemente toso y respiro mal; me doy cuenta de que estoy débil.

Salgo a mirar la tarde.

Quisiera creer que nunca sucedió, que jamás tuve una hermana. Desde la cima alcanzo a ver la ciudad entera: las avenidas luchando contra su estrecha condición; los edificios de antes cada vez más viejos, los nuevos con sus pretenciosos estilos; casa tras casa acumulándose horizontalmente, cercando la urbe; comercios, franquicias, la ilusión de la modernidad, un mundo para consumir y para ser consumido por el mundo.

El cerro empieza a cubrirse con una frágil neblina que amenaza con descender hasta la plaza; allá lejos, por la glorieta, las parvadas delinean su cotidiana curva, danzan contra el atardecer, son una sombra inmensa que regresa a poblar las copas de los truenos con su alharaca; ya comienzan a encenderse las luces, enmascarando la ciudad con sus halógenos ambarinos. La torre del reloj, las rojas techumbres de lámina de los mercados, el viejo edificio de la universidad, el soberbio molino ahora inútil, la varada ballena de hierro de la fundición convertida en cementerio para palomas, la luminosa eme amarilla de McDonald's erguida como un alfil, el estadio de fútbol.

Anochece, por unos instantes me siento tranquilo. La temperatura es fresca, no estoy triste ni contento, sencillamente siento el aire, respiro la noche.

Pienso que no hay olvido ni engaño suficiente, me dispongo a seguir con el futuro; mañana, quién puede dudarlo, tal vez las cosas sean distintas.